그저 예뻐서 마음에 품는 단어

그저 예뻐서 마음에 품는 단어

지은이 이소연
펴낸이 임상진
펴낸곳 (주)넥서스

초판 1쇄 인쇄 2024년 4월 1일
초판 1쇄 발행 2024년 4월 8일

출판신고 1992년 4월 3일 제311-2002-2
10880 경기도 파주시 지목로 5 (신촌동)
Tel (02)330-5500 Fax (02)330-5555

ISBN 979-11-6683-841-5   03810

www.nexusbook.com
&(앤드)는 (주)넥서스의 문학 브랜드입니다.

그저 예뻐서 마음에 품는 단어

이소연 산문집

&

시인이 되어서 즐거운

한라산에 올랐다. 쓰는 삶을 살지 않았다면 산 같은 거 오르지 않았을 거다. 인간이 산을 오른다는 건 자신의 미약함을 확인하는 피로한 일이라는 걸 매번 절감해 왔다. 아무래도 편하게 쉬는 쪽이 끌리는데도 오늘의 나무와 지금의 구름이 보고 싶다는 갈망은 매번 신선하게 나를 이끈다. 걸음을 옮길 때마다 눈에 담고 싶은 건 왜 이리 많은지, 해발 1,700미터에서 이제 막 물들기 시작하는 골짜기를 내려다보니, 함께 물들고 싶다. 신실해지고 싶다. 온몸으로 공기의 변화를 느끼는 견실한 나무 앞에서 한없이 부끄러워진다. 그래, 그래, 나 여태껏 너무 적당했다. 감탄하는 일은 언제나 반성을 동반하고 나는 살아 있으므로 피로해지는 중이다.

노느라 바빠서 진작에 마감했어야 할 글을 이제야 쓰고 있다. 전화가 오기 전까지 까맣게 잊고 있었다. 주어진 주제가 있다. 나의 문학 이야기. 문학에 대해 내가 얼마나 진지한가에 대해서는 할 말이 없다. 문학 없는 삶을 생각하면 몹시 삭막하지만, 문학보다 중요한 삶이 도처에 있다는 건 안다. 내가 할 수 있는 말은 시인이 되어서 즐겁다는 것이다. 아주 어렸을 때부터 시인이 되고 싶었다. 초등학생 때 장래 희망을 적는 란에 시인이라고 적은 아이는 나 하나뿐이었다. 그게 나의 자부심이었다. 반 친구 중 누구와도 같지 않은 나의 장래 희망이 마음에 들었다. 백일장을 함께 다니고 나보다 큰 상도 많이 타고 하던 친구도 장래 희망은 선생님이라고 적었다. 어느 하굣길에 나는 친구에게 물었다.

"넌 시인 되고 싶지 않아?" "응, 시인은 가난하잖아." 시인이 가난하다는 말은 나도 많이 들어 왔다. '하지만 가난해지고 싶어서 시인이 되려는 건 아닌데……. 가난하게 살기도 싫으면서 시인을 꿈꿔도 되는 걸까?' 되묻는 날이 많았다. 그래도 난 시인이 되고 싶다고 결론을 냈다. 꾸준히 하는 일이 거의 없는 내가 시를 읽고 쓰는 일만큼은 꾸준히 할 수 있었고, 다른 일엔 금방 싫증이 났으니 어쩔 수 없는 선택이었다.

어쩌다 보니 가난을 각오하고 시인이 되었는데 별로 많이 가난하지도 않다. 막상 해 보면 멀리서 생각할 때보다 언제나 사정이 나은 것 같다. 물론 반대인 경우도 없지 않지만 겁낼 필요는 없다. 부자는 아니지만, 밥도 잘 먹고, 멋도 부리고 다니고, 돌아갈 집도 있다. 가끔 비싼 물건이 갖고 싶을 땐 좀 참는다. 그것 때문에 가난하다고 생각한 적 없다. 세상에 태어나 이토록 물건을 사랑할 수도 있나 싶게, 물건을 꿈꾼다. 그러다 마침내 물건을 갖게 되기라도 하는 날에는 온종일 기쁘다. 이런 마음을 주는 이는 누굴까? 궁금해한다. 그러면 이런 걸 궁금해하는 내가 무척이나 마음에 든다. '이건 시로 써야 해!' 그러면 또 하루가 잘도 간다.

물론 시인으로 살며, 이런저런 시행착오도 많이 겪었지만, 괜찮다. 마음만큼 잘되진 않아도 망한 적은 없다. 대학에서 강의도 하고, 심사도 하고, 낭독회도 꾸준히 한다. 동네 책방에서 독자들과 만나는 일은 시인의 일 중에서도 내가 가장 좋아하는 일이다. 시로 만나는 사람들은 하나같이 날 설레게 한다. 처음 한국경제신문 신춘문예로 등단했을 때는 막막했다. 이제부터 어떻게 해야 하나? 그래도 자신감이 있었다. 대학 때 그렇게 놀았는데도 졸업했으니까, 이렇게 막막해도 결국엔 내가 쓰고 싶은 걸 쓸 것으로 생각했다. 후배 황인찬 시인의 시집을 아주 많이 읽었다. 진짜 잘 쓴다. 만날 감탄했다. '와, 내가 아는 그 사람의 마음속에 이런 게 들어 있었구나. 이 사람 정말 멋진 사람이었는데, 난 여태 몰랐네……' 이런 생각을 만날 해도 또 한다.

나는 아는 사람 시가 제일 재밌다. 그래서 사람을 알아 가는 일이 즐겁다. 시를 쓰면 동료가 생기는 기쁨이 있다. 첫 시집을 내기 전부터 사겨 온 동료 '켬'이 그렇고 가까운 동네에 살아서 단짝이 된 김은지 시인이 그렇다. 그렇게 따지면, 남편 이병일 시인의 시가 제일 궁금하긴 하다. 이 사람 도대체 무슨 생각으로 살고 있나 싶으면, 이병일 시인의 발표작을 찾아 읽는다. 꼬치꼬치 캐묻지 않아도 알 수 있는 게 많다. 대화하더라도 마음의 결을 짚어 가며 얘기할 수 있어서 괜한 말로 상처를 주지 않을 수 있다.

근래 가까워진 유현아, 김현 시인과는 작은 상가를 빌려 '미아 해변'이라는 공간을 만들었다. 함께 공간을 만드는 경험은 처음이어서 몹시 떨렸는데, 함께하는 일이 함께하는 사람을 더 사랑하도록 만든다. 이 우정을 오래오래 지켜 나가고 싶다. 그래서 난 더 노력할 것이다. 시를 쓴 이후로 내게 주어진 것들이 하나 같이 소중해졌다.

골목길을 따라가면 입구에 비치파라솔이 있어서 단박에 찾을 수 있다. 세 명의 시인이 '해변 지기'로 머무는 '미아 해변'은 작업실로 만들어진 공간이지만, 가끔 친구들의 낭독회나 전시회를 열기도 한다. 일 벌리기 좋아하는 시인 셋이 공간을 가꾸는 재미에 푹 빠졌다. 공간이 있으니까 새로운 시도를 해 볼 생각뿐이다. 매번 성공할 순 없을 것이다. 그러나 실패해도 좋다. 친구들은 서로가 서로에게 다시 시작할 '용기'니까.

여러 장소에서 강연할 기회가 있는데 그때마다 많은 사람이 쓰는 삶을 살았으면 좋겠다고 말한다. 기록할 만한 가치가 있어서 기록하는 것이 아니라 기록된 삶이 가치 있는 거라고. 나는 믿는다. 나는 쓰고 있고 그래서 내 삶은 가치가 있다고.

차례

———————————————— 1부

이런 것은
시로 써도 즐겁다

×

나를 위한 한 문장

강연이 있어 창원에 다녀왔다. 강연 담당자는 포스터 제작을 위해 강연 제목만 미리 보내 달라고 요청했다. 나는 그 전화를 화장실에서 받았고 하필 화장실 벽에 붙은 문구가 일본 정신과 의사인 사이토 시게타의 문장이었다.

많이 넘어져 본 사람이 한 번도 넘어지지 않은 사람보다 쉽게 일어설 수 있다는 내용의 문장이었다. 넘어지지 않는 방법만을 배운 사람은 다시 일어서는 법을 배울 기회가 없었을 것이다. 그러니 작은 실패에도 더 크게 좌절할 수 있다. 음, 맞는 말이다. 근데 솔직히 안 넘어지고 싶다. 일어서는 방법을 몰라도 될 정도로 넘어질 일이 없었으면 좋겠다. 하지만 인생은 그렇게 호락호락하지 않으므로 상처를 안고도 씩씩하게 살아

가게 하는 말이 필요해진다.

살다 보면 누군가의 '한 문장'을 붙잡고 겨우겨우 살아 내는 날도 있을 것이다. 그런 시를 쓰고 싶다는 데까지 생각이 미쳤을 때, 나는 행사 담당자에게 '나를 위한 나만의 시'라는 강연 제목을 지어 보냈다. 강연 막바지에는 강연을 듣는 사람들에게 자신을 위한 한 문장을 종이에 써 보게 했다. 그리고 종이를 거둬 와 읽었다. 단 한 문장일 뿐이었지만 삶의 면면이 느껴졌다.

이름 석 자 옆에 "괜찮아. 잘하고 있어." 이런 별것 아닌 말이 한 줄기 빛처럼 내려앉기도 하는구나. "넌 꼭 등단할 거야."라고 적힌 문장을 읽었을 땐 위풍당당한 확언에 웃음이 터지기도 했지만, 한 사람의 욕망이 투명하게 비치는 말이 못내 아름다웠다.

짧은 시간에 많은 사람의 이야기를 들었다. 그중에서도 쉬는 시간에 내게 다가와 자신이 쓴 시를 내보이며 이렇게 써도 시가 되는지 물었던 분의 문장이 인상 깊게 남아 있다. 문장이 온전하게 기억나진 않지만, 기억나는 대로 옮기자면, "세상에 있는 많은 것을 보느라 늙어 버렸다. 그러고도 못 본 것이 '나다!'" 박수가 터졌다.

어느새 폭삭 늙어 버릴 만큼 많은 것을 보고도 어째서 자기 자신만은 볼 수 없었을까? 부모님 생각이 나서 울컥했다. 자신보다는 가족을 위해 살아온 삶의 이력을 읊어 주는 분이 많았다. 그분들 모두 따뜻하게 안아 주는 말 한마디를 얻어 돌아갔을까?

강연에서 만난 사람들 덕분에 나를 위한 말을 두둑이 챙겨 창원에서 가까운 통영에도 들렀다.

통영에 사는 친구들을 만나 기분 좋게 취해 걷는데, 친구가 소리친다. "이 냄새야!" 금목서 이야기다. 골목을 지나는 한 걸음 한 걸음마다 달큰한 냄새가 달라붙는다. 향이 만 리까지 퍼진다고 해서 만리향이라는 나무 이야기를 아까 술자리에서도 한 것 같은데, 이제야 제대로 듣는다.

"금목서가 어디 있는데?" 한참을 두리번거려도 금목서를 찾을 수가 없었다. 나무 없이 향기만 이렇게 생생할 수가 있나? "샤넬 향수가 금목서 향으로 만든 거래잖아." "그런데 나는 왜 몰라? 만 리가 4천 킬로미터인데 왜 서울까지 안 와?" 말도 안 되는 떼를 써 본다. 지금껏 금목서를 모르고 살았다는 게 신기했다.

금목서뿐인가. 통영에 와서 보니 다찌집도 꿀빵도 모르고 살았고, 통영 누비도 모르고 살았다. 경험해 보기 전에는 몰라도 되는 것들이었는데 이제는 모르고 살 수가 없다. 꽃이 귀한 10월에 피는 금목서 향을 오랫동안 그리워할 것 같다.

동피랑 벽화마을을 구경하고 내려와 세병관 입구 쪽에 있는 통제영 12공방에서 누비 작품을 여러 개 샀다. 작품 하나하나 보는 내내 감탄이 터져 나왔다. 누비는 임진왜란 때 갑옷이 부족해 천을 덧대고 바느질을 촘촘하게 하여 몸을 보호하던 것에서 유래되어 지금까지 만들어지고 있는 통영의 특산물이라고 한다.

누비질하면 섬유의 수명이 몇 배나 길어진다는 점원의 설명을 듣는데, 낮에 앤솔러지 『싫음』에서 읽은 김윤리의 시 「삼켰다」의 마지막 구절이 생각났다. 요약하면, 이야기란 본디 약점으로 만들어 내는 거란다. 멋지다. 순간, 약점을 누벼 만들어 낸 단단한 갑옷 같은 이야기들이 내 앞에 펼쳐졌다.

시인의 겨울나기

"엄마 지금 김장해. 바빠. 끊어 봐."

엄마의 겨울나기의 시작은 김장이다. 소금으로 숨을 죽인 배추에선 단맛이 날 것이다. 단맛은 서리에서 온다는데, 냉랭한 엄마를 보니 김치 맛은 좋을 것 같다. 포항에 들렀다 올 수도 있었는데 여러 일정이 겹쳐 그러질 못했다. 엄마는 울산까지 와서 그냥 올라간다고 섭섭해하더니, 김장하느라 분주한 가운데 목소리에 생기가 돈다. 그나저나 김장해 본 적 없는 나는 무엇으로 겨울나기를 준비하나?

그전 주에 나는 지역 신문사에 다녀왔다. 신춘문예의 계절, 시 부문 예심을 보기 위해, 새벽 5시에 일어나 서울역으로 향했다. KTX에 올라타 성에꽃 피는 새벽의 아름다움을 바라보는데, 살아 있다는 느낌이 들었다. 입에서 피는 훈김 때문에 찬 새벽의 공기 속으로 숨 냄새가 그려진다. 겨울이 오니까 보이기 시작하는 것들이 있다.

쓰고 싶은 마음과 설렘. 그리고 기다림. 행운. 이 겨울을 보내고 맞이하는 첫봄에 읽게 될 시도 겨울 새벽처럼 내가 못 보던 것을 보게 해 줄까? 기대에 부풀었다. 신문사에 도착하자마자 간단한 서류를 작성하고 접수 번호가 매겨진 작품들을 읽어 나갔다. 한창 신춘문예에 투고하던 시절이 떠올라 한 편도 허투루 읽을 수가 없었다.

대학원 석사 과정을 졸업하고 시 쓰는 일을 잠시 놨다가 결혼하고 나서 2년 남짓 한 시간 동안 신춘문예를 준비했었다. 한국경제신문 신춘문예 1회 때 투고했는데 최종심에서 떨어졌다. 그때 당선자가 김기주 시인이었고, 당선작을 읽었을 때 너무 좋아서 낙선의 실망보다 좋은 시를 읽는 기쁨이 더 컸던 기억이 난다.

금 간 화병에서 물이 천천히 새어 나오는 것을 보고 꽃이 피는 속도라 여기는 「화병」이란 시의 도입부에서부터 나는 위로받았다. 어떤 일이든 억지로 되는 일은 없구나. 나는 아직 피지 않은 꽃의 속도를 받아들이게 되었다. 그리고 다음 해인 2014년 한국경제신문 신춘문예 2회 당선자가 되었다. 좋은 시는 나를 부정하는 일에 복무하지 않는다. 나는 나를 떨어뜨리고 당선된 시인의 시 덕분에 나를 한없이 긍정할 수 있었고 믿어 줄 수 있었다.

아침부터 시작된 시 읽기는 오후 3시가 되어서야 끝이 났다. 나는 눈사람처럼 녹아내릴 것만 같았다. 읽다 보면 누군지도 모르는 한 사람의 심상 속으로 미끄러졌고, 이내 슬퍼지곤 했다. 행간 속에 감춰 둔 삶을 생각할 때면, 온몸에 힘이 들어갔다. 이렇게 생각하면 이래서 좋고 저렇게 생각하면 저래서 좋은데, 심사를 위해서는 손에서 내려놓을 작품을 찾느라 장점보다는 흠을 찾아야만 해서 시 읽기가 더욱 힘겨웠다. 장점만을 보고 당선작을 고른다면, 세상이 시인으로 가득 찰 텐데, 신문사마다 상금을 마련하느라 빚더미에 오를까? 천여 편 가까이 되는 시를 읽고 기운이 쭉 빠져 신문사를 빠져나왔다.

다음 일정을 위해 정자해변에 위치한 '카페소소' 그리고 '책'이란 책방으로 향했다. 작년 『거의 모든 기쁨』 낭독회를 했던 곳에서 올해는 친구 김은지 시인의 낭독회 사회를 보게 되었다. 그렇게 많은 시를 읽고 나서 또 낭독회라니 시인의 겨울나기답다. 낮은 지붕 너머 바다가 보이는 카페에 들어서는 동안 해풍이 나를 훑고 지나간다. 내 그림자가 먼저 바다에 빠진다. 차가우면서도 따뜻한 바닷물, 몽돌은 햇빛을 머금었다

가 뱉어 놓기를 반복하는지 윤슬이 아름답다. 우리는 책방의
통유리를 등지고 앉아 사람들의 표정을 마음에 담았다.

낭독회가 끝나고 '카페소소' 그리고 '책'의 대표님이 함께해
준 사람들을 감탄에 차서 바라보며 "시 읽는 동안 노을 지는
거 봤어요?" 모두 너무 아름다웠다고 하는데, 우리는 노을보
다 아름다운 눈빛을 보느라 등 뒤에서 번지던 시간을 궁금해
하게 되었다. 겨울나기 좋은 궁금증이다.

지킬 수 없는 새해 계획

1월의 마지막 주에 마음이 조급해졌다. 더 늦기 전에 계획을 실행에 옮겨야 하는데……. 나의 새해 계획은 단 하나다. 꼼짝하지 않고 집구석에서 글만 쓰기. 그도 그럴 것이 지난 연말에 두 건의 단행본을 새로이 계약했는데, 재작년에 계약한 책도 아직 해결하지 못한 상태다. 어제는 원고 독촉을 받았고 오늘은 또 다른 출판계약서에 사인했다. 죽어라 써야 한다. 이 얼마나 심플한가. 계획에는 아무 문제가 없다. 언제나 실행이 문제다.

꼼짝하지 않고 집에만 있어야 할 사람이 지금 책방에 와 있다. 한파를 뚫고 와서는 책방 사장님과 오목을 두고 있다. 바둑돌 하나를 내려놓기 무섭게 문자메시지 한 통이 날아왔다. "해

피 뉴이어, 이번 주 원고 마감 알고 계시죠?” 계획만 세우느라 날짜 가는 줄 몰랐는데, 벌써 설이 지났다. 이쯤 되니 야심 찼던 '새해 계획'에 트집을 잡고 싶다. "비현실적이다." "터무니없다." "분수를 모른다." 등등.

불현듯 열렬한 노예해방론자였던 루이자 메이 올컷의 소설 『나의 콘트라밴드』의 마지막 장면이 떠오른다. 종군 간호사 데인은 주인에게 아내를 빼앗긴 로버트(그는 남북전쟁 중 해방된 노예인 콘트라밴드다)의 분노와 아픔에 절절히 공감하면서도 그가 병상에 누워 있는 주인을 죽이고 범죄자가 되는 일을 끝까지 막아선다. 두려움보다 강한 연민의 힘으로 마음을 다해 그를 설득한 것이다. 데인의 도움으로 병원을 떠난 그는 군에 들어가 그녀를 위해 죽을 때까지 싸우겠다고 편지를 썼다. 그런데 로버트를 죽음으로 몰아넣은 건 그가 끝끝내 죽이지 못한 주인이었다. 그러니 그가 고통에 신음하며 데인을 향해 웅얼거린 마지막 한마디를 어찌 잊을까. 그러니 그가 고통에 신음하며 데인을 향해 웅얼거린 약속을 지켜서 만족한다는 마지막 한마디를 어찌 잊을까.

나도 약속을 지키고 싶다. 그러려면 지킬 수 있는 약속만 해야 하는데, 그건 약속을 지킨 것 외에 무엇이 될 수 있는가? 어떠한 결과를 맞닥뜨리게 되더라도 약속을 지킨 이가 말하는

'만족'의 질감을 떠올려 본다. 한겨울 폭설 속에서도 뜨겁게 피어난 동백 꽃잎을 만지작거리는 것 같을까? 힘겹게 써 낸 8백 장의 원고지를 가슴에 끌어안은 느낌일까? 아무래도 자신의 전 존재를 건 약속은 현실적인 것을 넘어선 곳에 있지 않을까?

임지은 시인은 「죽은 나무 심기」라는 시에서 뭐든 심으면 열매가 되어 열릴 거라고 믿는, 그래서 죽은 것을 심어 본 적 있는 화자의 고백을 들려준다. 오로지 강렬한 믿음 덕분에 우리는 불가능한 것에 다가간다. 엄두도 못 낼 일들을 시도한다. 새해에는 지킬 만한 계획 말고 지킬 수 없는 계획을 세우면 어떨까? 그리고 반드시 지킨다고 믿어 보는 것이다. 자신의 육신과 영혼을 다 걸고, 모자라면 피로와 짜증까지 다 걸고 강렬하게 믿으면, 기적이 일어날지도.

글쓰기뿐인 단순하고 완벽한 새해 계획 덕분에 나는 계획에 없는 일을 더 많이 하는 한 해를 살게 되겠지만, 그래서 좋다. 다른 일을 하다가도 끊임없이 새해 계획에 다가갈 테니까. 임솔아 작가는 자신의 첫 단행본 책날개에 자신이 쓴 글들이 대신 말해 줄 것이라는 약력을 남겼다. 이 한 줄의 약력에 대해 홍일표 시인은 "세상에서 가장 간단하고 아름다운 약력"이라고 했다. 듣고 보니 정말 그랬다. 자기가 쓴 글들이 대신 말해 주는 약력이라니, 영원에 머물던 신비로운 시간이 바로 곁에 와 있는 듯한 기분에 휩싸였다. 내가 쓴 글들이 내게 말하는 것 같다. "내가 널 지켜 줄게."

시의 고유성

시의 고유성에 관해 이야기할 때 꼭 인용하는 시가 있다면 쉼보르스카의 「열쇠」다. 우리 집 문을 활짝 열어젖히던 열쇠도 다른 이에겐 그저 고철 덩어리에 불과할 수 있다는 조금은 냉정한 이야기를 받아들이면서 나는 이상한 위로를 받았다. 누군가는 손에 열쇠를 쥐고 엉뚱한 문 앞에 서 있을 수도 있겠구나. 그렇다면 분명 내가 열 수 있는 문이 있을 거란 생각에 다다랐다. 쉼보르스카의 문장처럼 적확하고 열렬하게 누군가의 마음을 열어젖힐 수 있을지는 모르겠지만 말이다.

쉼보르스카는 서로를 향한 애타는 감정에도 열쇠를 잃어버리는 것과 똑같은 일이 일어난다면 둘만의 문제가 아니라고 썼다. 나는 거기에 밑줄을 그었다.

못 이룬 사랑의 일이라면 지극히 개인적인 일이라고 생각했던 나에게 이 문장은 그야말로 충격이었다. 너랑 내가 헤어진 게, 너와 나, 둘만의 문제가 아니라니? 누가 봐도 둘만의 문제인 것 같은데……. 나에게 차인 남자가 메신저 대화창으로 친구에게 내 욕을 했고 이것은 우리 둘만의 문제가 아니어서 온 우주가 그를 향해 정신이 번쩍 들도록 혼을 내 준다면 나쁠 이유도 없지만, 세상 누구도 둘의 사랑에 관심이 없는걸?

이 모든 생각을 뒤엎는 다음 문장은 이렇다. 이 세상(전체)에서 '사랑' 하나가 줄어드는 것이란다. 이런 총체적 인식을 해 본 적 없는 나는 적잖이 놀랐다. 어떻게 이런 생각이 가능했을까? 너와 내가 만들어 낸 고유한 사랑, 그 누구와도 다른, 똑같을 리 없는 사랑 하나가 줄어드는 것이다. 이 세상에서 하나의 사랑이 줄어든다고 생각하니, 신의 안타까운 음성이 들리는 것만 같다. 가슴이 벅차 잠시 시집을 내려놓는다. 그리고 나만이 쓸 수 있는 시, 그 누구만이 쓸 수 있는 어떤 시가 한 사람의 마음을 열고 걸어 들어가는 상상을 한다.

시를 읽는 사람들이 문장마다 멈추어 서서 그 문장이 가져다 주는 떨림에 몰입하고 매달리고 질문하고 감탄하기를 바랐다. 호들갑을 떠는 일이 은근히 재미있기 때문이다. 고요한 호들갑. 점잖은 사람들의 내면에도 감탄과 경탄의 호들갑이

도사리고 있다고 생각하는 시간이 좋다. 블라디미르 나보코프의 말은 왜 우리가 한 권의 책보다 단 하나의 문장에 더 집중해야 하는지 깨닫게 한다.

그는 책을 읽을 때 세세한 부분들을 알아차리고 귀여워 해줘야 한다고 말한다. 하찮지만 햇빛처럼 밝은 요소들을 사랑스럽게 쓸어 모아야 한다고. 그것이 선행된 이후에 일반화라는 달빛을 쬐는 건 얼마든지 가능하다고. 물론 기성품처럼 진부한 일반화를 말하는 건 아닐 것이다.

그런 그가 당신에게 어떤 문장이 남아 있는지 묻는다. 문장과 그 문장에 고인 햇빛 같은 것들을 쓸어 모으는 일에 집중하길 바라면서. 한 편의 시를 읽고 나면 좋아서든 궁금해서든 한 문장은 마음에 남아 있기 마련이다. 물론 단 한 문장도 남아 있지 않은 경우도 있지만, 호의를 갖고 읽는 글에서 그런 일은 드물다. 남아 있다고 말했지만 그것은 자신의 마음으로부터 선택된 문장이다. 나는 감상조차도 선택에서부터 시작된다고 말한다. 수많은 문장 중에서 왜 하필 그 문장에 밑줄을 그었는가? 나의 경우, 그것을 생각하는 일은 반드시 자신의 가장 내밀한 부분과 접촉한다. 그 생각 놀이를 멈추지 말라고 말하고 싶다.

조금의 여유로움과 심심함 속이라면 더할 나위 없이 좋다.

'왜 내게 이 문장이 남아 있는가?' 그것에 대해서 골똘해지는 시간을 쌓고 또 쌓기에 딱 좋은 시간이다. 읽기가 끝났을 때 무성한 나뭇잎을 향해 날아드는 한 무리의 새 떼처럼 밀려오는 것이 있을 테다. 그게 무엇인지는 각자가 알고 있다.

× 불온하고 불순한 것

"쉬는 시간은 중요해."

"그래. 쉬는 시간을 하찮게 여기지 말아야지."

김은지 시인은 내가 아는 사람 중에서 '쉼'을 가장 중요하게 생각하는 사람이다. 적절한 시간에 쉼을 마련하는 일은 웬만한 노력 없이 불가능하다. 스스로 컨디션에 주의를 기울여 애정을 쏟아야 한다. 더군다나 함께 일하는 사람에게 쉴 권리에 대한 동의를 이끌어 내는 일도 여간 어려운 일이 아니다, 나와 같은 부류 때문이다.

세상엔 두 종류의 사람이 있다. 쉬는 시간이 되면 하던 일을 멈추는 사람과 쉬는 마음으로 하던 일을 계속하는 사람. 나는 후자에 속하는 사람이다. 그렇다면 나의 쉬는 모습은 도대체 어떻게 생겨 먹은 것일까? 시인인 내가 시를 쓰고 있다면? 물론 쉬는 시간이 아니다. 집안일을 한다면? 쉬는 시간이 아니다. 강의를 준비한다면? 쉬는 시간이 아니다. 책을 읽는다면? 조금 쉬는 시간 같기도 하다. 잘 모르겠다. 함께 작업하다가 쉬는 시간을 종종 요구하는 김은지 시인에게 물었다.

"나는 언제 쉬는 것 같아?"

"너는 본격적으로 쉴 줄 몰라."

"……."

"난 너를 예상할 수 있어. 넌 쉬면서도 온라인 쇼핑을 하겠지."

"쇼핑하는 것도 쉬는 거 아니야?"

"아니야. 나의 데이터베이스를 분석한 결과, 네가 진짜 쉬고 나서는 갑자기 엉뚱한 걸 하고 싶다고 해. 이를테면 논문을 쓰겠다거나, 만화책을 내겠다거나. 그게 네가 쉬었다는 증거야. 그런데 그런 일은 3개월에 한 번밖에 일어나지 않지."

친구에게 내가 쉬는 모습에 대해 듣는 게 이렇게 재미있을 줄이야. 맞는 말 같다. 정말 순수하게 쉰 날은 심심한 어느 날일 테고, 혼자서 이런저런 생각에 빠질 것이다. 그런 다음 지금까지와는 다른, 뭔가 생산적이고 획기적인 일을 해 봐야겠다는 마음을 먹고 말겠지.

나는 새벽 5시가 되어도 잠들지 않는다. 빗방울처럼 깨어 있다. 쉬지도 못하고 잠도 못 자는 셈이다. 낮엔 포항에 있는 엄마와 영상통화를 했다.

"엄마, 뭐해?"

"그냥 놀고 있지."

화면 속에서 엄마는 호두 알을 까고 있었다. 아빠 역시 그 옆에서 엄마가 깐 호두 알을 바구니에 담고 있었다. 놀고 있는 모습이 좀 이상하다.

"일하는 거 아니야?"

"이게 뭔 일이여. 그냥 노는 거여."

나의 이상함은 엄마에게 물려받은 것 같다. 나는 쉬고 싶어서 임신했다.

결혼하고 나서 직장에 다니던 시절이었다. 업무에 지친 어느 날, 커피숍에서 나를 기다리고 있던 임신한 친구의 둥근 배가 눈에 들어왔다. 평화로워 보였다. 친구가 쉬고 있다고 말한 덕분에 왠지 더 그랬다. 뭘 모를 때였다. 안경 낀 친구가 부러워서 눈이 나빠지고 싶어 하던 때처럼 친구의 둥근 배가 부러워서 임신했다. 지금 생각해 보면 이해가 안 가지만, 그땐 그랬다. 그냥 친구처럼 쉬고 싶었는데 입덧하느라 죽는 줄 알았다. 그래도 나는 쉰다고 생각했다. 그러면 생각하는 대로 믿음이 생겼다. 쉰다고 생각하면 뭘 해도 쉬는 게 되었다. 태교한답시고 뜨개질을 해도 남편 조끼와 시어머니 조끼를 한 달 내내 짰어도 나는 쉰 것이고, 두꺼운 책들을 새벽까지 읽어도, 밤이 깊도록 시를 써도, 그 시로 등단해도 나는 쉰 것이었다.

쉼, 그것은 생각 안에서 더 치명적고 매혹적이다. 쉰다고 생각하면 끊임없이 뭔가를 만들어 내도 여유롭기만 하니 말이다. 여유롭기 때문에 조급하지 않고, 뭘 하든 잘되었다.

도스토옙스키는 옴스크 교도소에서 4년 동안 복역했다. 그가 감옥 안으로 들어오는 한 줌의 햇볕을 쬐면서 쉬고 있는데, 폴란드 정치범 미레츠키가 불한당 놈들에게 질색하는 소리를 듣고 기분이 좋아졌다고 한다. 불현듯 새로운 소설의 한 장면이 떠올랐기 때문이다. 쉬려던 감옥에서조차 죽도록 작품 구상만 하다 나온 도스토옙스키에게 쉼이란 뭘까? 사방이 막혀 있든 뚫려 있든 쉰다는 것에는 불온하고 불순한 생각들이 마구 자란다.

과연 순수한 쉼이란 게 가능할까? 아니라고 대답하고 싶다. 순수하게 고창에 가고 순수한 해변에 가고 순수한 청보리밭에도 갔지만, 그 어느 곳에도 순수한 쉼은 없었다. 자연 속에

쉬려고 갔다가 생태에세이를 쓰기 시작했다. 나는 쉬려고 하면 꼭 일이 된다. 놀면서 일한다는 엄마의 말이 그냥 하는 말은 아닌 모양이다. 이 글도 놀면서 쓴다. 글이 또 샛길로 새려고 한다. 역시, 불온하다. 즐겁다.

어디까지 긍정적일 수 있나

엄마는 사람의 마음이 손에 있다고 믿는 사람이다. 손을 보면 그 사람의 운명이 점쳐진다고 했다. "아빠 손은 못생겼는데?" 엄마는 아빠랑 결혼하게 된 것도 투박하고 거친 손 때문이라고 했다. 상처 많은 그 손을 보고 있으면 험한 길도 잘 헤쳐 나갈 마음이 읽혔다고 했다. 삶에 대해, 사람에 대해 읽어내는 마음은 어디서 오는 걸까?

남편 이병일 시인이 결혼 승낙을 받으러 왔을 때도 엄마가 손 이야길 꺼냈다. "손이 참 곱네." 투박한 손이 좋다고 했었는데 손이 고운 남자라고 트집을 잡으려나? 생각하는데, "글을 쓰는 사람이 손이 고우면 얼마나 고운 글을 쓰겠어." 하는 것 아닌가?

투박하고 거친 손에서 읽어 낸 마음도 좋고, 고운 손에서 읽어 낸 마음도 좋다. 엄마가 손에서 읽어 내는 의미란 웬만한 유럽 철학자들을 능가했다. 결국엔 좋은 것만 남기는 엄마의 마음 읽기를 자주 생각하는 요즘이다.

어느 날, 하루가 멀다고 통화하는 김은지 시인에게 하소연했다.

"어제부터 성적 입력 기간인데 내가 배점 비율을 잘못 설정해서 한바탕 난리가 났었어. 전산실까지 연락해서 겨우겨우 수정했지, 뭐야." 이렇게 말하면 김은지는 쯧쯧 혀를 차겠지. 그런 예상을 했다. 그런데 오히려 칭찬해 줬다. "해결하면 된다는 믿음 하나로 전산실까지 연락해 보는 너의 대처 능력이 대단한걸?" 수정할 수 없을 때 이런 실수를 했으면 어떡할 뻔했나 아찔하면서도 우리 삶의 많은 부분이 수정 가능하다는 사실에 감사함을 느낀다.

김은지 시인과 울산으로 출장 갔을 때의 일이다. 업무를 마치고 식사하러 가는 길, 그만 숙소 키를 잃어버렸다. 그런데 은지는 나를 다그치지 않았다. 나는 자신만만하게 말했다. "나 어디서 잃어버린 줄 알아. 우리 카메라에 증거들이 담겨 있을 거야." 한 시간여 울산 시장을 훑어 본 후에 키를 찾았다. 내가 처음 말한 곳에 있었다. 친구는 "셜록 홈즈 같아. 너의 추리력은 대단해."라고 칭찬했다. 나 같으면 화부터 냈을 것만 같은데. 긍정적인 친구를 곁에 둔다는 것은 축복이다.

2024년은 힘차고 역동적인 용의 해다. 새해를 맞아 서로 복을 빌고 긍정적인 말을 주고받는 시기다. 한편으론 춥고 외로운 사람들도 돌아보게 된다. 한나 아렌트는 고독과 외로움이 다르다고 말했다. 외로움은 모든 사람에게 버림받고 실제로 혼자 있는 것이다. 하지만 고독이란 모든 사유가 이루어지는 시간이며 나 자신과 대화가 가능한 시간이라 했다. 사람들의 외로움에 약간의 고독이 깃들 수 있다면 좋겠다. 너무 무리한 긍정일까?

내가 고독을 느낄 수 있는 곳은 어디일까? 책방, 카페, 침대, 작업실 '미아 해변'……. 2024년에는 더 많은 고독을 느끼고 친구들의 고독도 더 많이 알아보고 싶다.

각 신문사의 신춘문예 당선작들이 발표된다. 알다시피 등용문이란 말도 저 푸른 용에서 나왔다. 용의 기운을 받고서 활활 날아오르는 작품이 많았으면 좋겠다. 좋은 기운은 번진다. 번지고 번져 복을 준다고 믿는다. 당선 여부를 떠나 모든 응모자가 작품을 완성했을 때의 기쁨을 기억했으면 좋겠다.

도대체 긍정이란 것은 어떤 몸을 가졌을까? 아니 어떻게 생겼을까? 포항 호미곶을 휘몰아치게 하는 노을을 닮았을까?

오어사 못을 지분거리며 다니는 자라를 닮았을까? 북한산 꼭대기의 흰빛처럼 차고 아름다운 것이었을까? 오늘 나도 시집에 사인하면서 엄마처럼 내 손을 들여다보고 싶다. 손엔 마음이 담겨 있으니까.

보이지 않는 것들을 보는 방법

언젠가부터 스스로 소개할 때면 가장 먼저 떠오르는 말이 '동네 책방을 사랑하는 시인'이다. 여행에서도 동네 책방은 필수 코스다. 가족이 함께 떠난 속초 여행 중에는 '완벽한 날들'이란 책방을 찾았다. 몇 권의 책을 집어 들고 카운터 앞으로 가자 책방지기가 알은체를 해 주었다. "어제 '동그란책'에 가셨죠?" 아이가 코끼리 인형을 들고 책방 앞에서 찍은 사진을 SNS를 통해 봤다고 했다. "일부러 찾아오실 것 같아서 하루 쉬려다 문을 열었어요." 마스크로 얼굴을 가린 상태에서도 이야기를 통해 서로 알아보는 능력이 생겼다. 보이지 않는 것을 보는 능력은 어쩌면 이 시대가 우리에게 주는 작은 위안일지도 모르겠다. 얼굴의 절반 이상을 가리니 낯선 만남에서 가지던

긴장감은 줄고 상상력은 늘었다.

찰스 스키너는 『식물 이야기 사전』에서 식물에 얽힌 설화나 전설이 식물을 더욱 매력적이게 만든다고 하며 이렇게 썼다. "우리가 물질적이고 지루한 시대에 살고 있다고들 하지만, 지금도 순수하고 사랑스러운 상상력을 지녔던 시대와 완전히 단절되지는 않았다." 나는 반문했다. 내가 물질적이고 지루한 시대에 살고 있는 걸까? 아닌데? 하나도 안 지루한데? 그리고 지금 이 시대의 상상력이 어때서? 책방 사람들이 보여 주는 놀랄 만큼 독특하고 멋진 상상력을 몰라서 하는 소리다.

'글이다 클럽'은 매주 수요일마다 책방 '지구불시착' 사장님이 줌(ZOOM)으로 진행하는 글쓰기 모임이다. 정해진 시간 동안 글을 쓰고 함께 읽는 것이 전부다. 혼자서는 괴로운 글쓰기도 함께하면 놀이가 된다. 책방 모임에 대한 나의 집념은 상상을 초월한다. 남편인 이병일 시인과 심하게 싸운 날에도 나는 '글이다 클럽'에 갔다. 가서 부부 싸움을 글감으로 제공하고 말았다. 한 참가자의 글 속에서 크고 무거운 나의 흰색 트렁크는 모순적 사랑의 상징이 돼 있었다. 그는 내 이야기에서 말해지지 않은 것을 썼고 그것은 오히려 진실에 가까웠다.

창고에 있던 트렁크에 짐을 싸는 동안 나는 이런 생각을 했다. 네가 나 없이 잘 살 수 있을 것 같아? 잘 살겠지. 요즘 세상에 너 같은 남자랑 살 여자가 어디 있냐? 여기저기 많겠지. 못돼 먹은 게 키만 커가지고. 얼굴은 내 스타일이야. 요리만 잘하면 다냐? 다지. 후회해도 소용없어. 근데 왜 안 붙잡지? 모든 걸 끝내고 싶은데 헤어지긴 싫어. 나의 내면은 이루 말할 수 없이 누추했다. 이런 이야기까지 다 하기엔 '글이다 클럽'이 적절한 공간은 아니라고 생각해 말하진 못했다. 그런데도 내가 받아 본 글은 놀랍도록 많은 걸 들여다보고 있었다. 많은 소통 전문가가 "말하지 않으면 모른다."라고 말하지만 내 주변엔 말하지 않아도 아는 사람이 너무 많다.

이병일 시인과 방학천 철제 다리 밑 인동 덩굴이 뭉쳐진 곳을 지날 때였다. 귀가 가득 차도록 들려오는 참새 소리에 내가 물었다. "근데 참새가 한 마리도 보이지가 않네?" 그가 손끝으로 인동 덩굴을 가리키며 대답했다. "겉만 보니까 그렇지. 안을 들여다봐." 아무래도 참새가 있을 것 같진 않았다. 조금은 성가신 마음으로 덩굴 가까이 다가가 들여다보는데 깜짝 놀랐다. 정말 덩굴 안이 참새들로 붐볐다. 참새들은 이 촘촘한 덩굴 속으로 어떻게 숨어들었을까? 부리로 깃을 정리하는 참새도 있고, 친구 참새가 한 뼘 옆으로 달아나면 포르르 한 뼘 따라가는 참새도 있다. 소리가 보이기 시작했다.

중국 북송 황제 휘종이 궁중의 화가들에게 '말발굽에 묻은 꽃향기'를 그리라고 했다. 눈에 보이지도 않는 꽃향기를 어찌 그리란 말인가? 화원 한 명이 말발굽을 쫓아가는 나비 떼를 그린 그림이 휘종의 마음을 흡족하게 했다고 한다. 누군가 내게 참새 지저귀는 소리를 그리라고 하면 인동 덩굴을 가득 그려 놓으면 될까? 휘종이 깊은 산속에 감춰져 보이지 않는 절을 그리라고 하는데도 많은 화가가 눈에 보이는 절을 그리는 데 집착했다고 한다. 그 마음도 이해가 간다.

내가 말하지 않아서 알아주지 않으면 어떡하지? 그럴 땐 결심이나 용기가 필요하다. 누군가는 내 의도를 정확히 읽어 내리라는 기대 속에서 과감히 생략하는 용기 말이다. 보이지 않는 것을 보이지 않는 상태로 둘 수 있는 사람만이 그릴 수 있는 것이 있다. 이를테면, 절을 그리는 대신 물동이를 이고 산길을 오르는 스님을 그린다면 가까운 곳에 절이 있음을 말해 주지 않을까? 보이지 않는 것을 보는 방법을 알게 되니 아름다운 것에 스며들고 싶은 마음이 충만해진다.

×

이슬처럼 작은 것을 가져오세요

하얗게 텅 빈 워드 화면을 바라보며 나도 모르게 뱉은 문장은 노르웨이 국민시인 울라브 하우게의 시 「진리를 가져오지 마세요」의 한 구절이다. 이슬처럼 작은 것을 구하는 말은 빈 문서 앞에서 막막해지는 내게 힘을 주는 말이다. 그래, 내가 쓰려는 건 그렇게 크고 무거운 말이 아니니까 미리 겁낼 필요는 없다. 그나저나 많은 사람이 진리를 구하고자 티베트 성지를 찾아 기도하거나 출가하고 학문에 매진하는데, 이건 또 무슨 소리지? 구한다고 구해지지 않는 게 진리라서 누가 가져오라고 하면 냉큼 가져오지도 못할 일이지만, 가져오지 말라고 하니 왜냐고 묻고 싶어진다. 자꾸 질문하게 하는 현대 시의 이런 뜬금없음이 좋다.

며칠 전엔 아파트 주차장에서 아이와 함께 물총 싸움을 했다가 뜬금없는 말을 들었다. 물총에 물을 담는 과정에서 수돗물을 한참 흘려보낸 뒤였다. "엄마, 여기까지 달팽이가 왔어요." 그때까지만 해도 아이가 뭔가를 달팽이에 비유하는 거라고 생각했다. 그런데 수돗물이 만든 물길을 따라 진짜 달팽이 하나가 기어오르고 있는 것이 아닌가. 한여름 밤에 흘려보낸 가는 물줄기가 불러온 작은 생명체는 여태 어디 숨었다 나온 걸까?

다니기 좋은 촉촉하고 싱그러운 길이 열리길 기다렸다가 우리 앞에 나타나 준 달팽이가 놀랍도록 신비로워 가슴이 벅차올랐다. 이슬처럼 작은 것을 가져온다는 게 이렇게 큰 거였구나. 달팽이를 다시 풀잎 위로 보내 주고는 하루 내내 기분이 좋았다. 어쩌면 상실했다고 여긴 삶의 작고 소중한 풍경들이 어딘가에 잘 숨어 있다가 때가 되면 나타나 줄 거라는 기대를 심어 주기 위해 달팽이는 여기까지 온 것인지도 몰랐다.

매일 아침 세수하고 냉장고에서 서리태 콩물을 꺼내 마신다. 집을 나서기 전에는 옷장을 뒤적이며 궁리하는 시간이 길다. 마음에 드는 옷을 잘 갖춰 입은 날은 거울을 보며 웃는다. 도서관으로 출근해서 읽은 책들의 목록을 노트에 적어 둔다. 그렇게 매일매일 이슬처럼 작은 것들을 가져와 쌓는다. 삶의 한순간 한순간에 몰입하다 보니 의미 없는 시간이 점점 줄어든다.

나는 모소 대나무를 좋아한다. 모소 대나무는 중국 극동 지방에서만 자라는 희귀종이다. 모소 대나무 씨앗은 4년 동안 땅속에서 겨우 3센티미터만 자란다고 한다. 그러다 5년이 되는 순간, 폭발적으로 성장하는데 그게 다 4년 동안 성실히 뿌리를 내린 덕분이라고 한다. 나는 등단도 늦은 편이었고 첫 시집 상재도 늦은 편이었다. 그러는 동안 주변 동료로부터 염려의 말도 많이 들었다. "그렇게 돌아다니는데 시를 어떻게 쓰냐?" "남의 일에 오지랖 떨 시간에 자신에게 집중해라" "너무 많은 일을 하다가 소모되는 것 아니냐?" 등. 다 맞는 말이어서 고개를 끄덕이곤 했다.

그런데 내게 시는 책상에 앉아 있는다고 찾아오지 않는 무엇이다. 오히려 시와 전혀 다른 일을 하고 있을 때, 뜬금없이 찾아오곤 했다. 강의하는 중에, 친구들과의 수다에서, 미술관에서, 바다에서, 버스에서…… 나는 자주 책방 사람들과 웃고 떠들면서 시를 쓸 에너지를 얻었다. 물론 고요한 이들의 시 쓰기를 동경한다. 오래오래 자기 안에 머물며 자라 온 마음들을 찬찬히 들여다보는 이들이 시와 더 어울려 보인다. 나는 재능이 없는 걸까? 최선을 다하지 않았다는 자책이 나를 감싸 안는다. 그러다가도 시는 바깥에서 만나는 것이라고 우겨 보는 것이다.

언젠가 위례의 작은 서점으로 '동시(童詩)' 특강을 가게 됐는데, 거기서 만난 한 아이의 시가 잊히지 않는다. 종이를 나눠 주고 좋아하는 것을 쓰라고 했다. 그 아이는 좋아하는 것을 적는 칸에 고등어라고 쓰고는 고등어에 대한 시를 썼다. 학교에서 돌아와 부엌 도마 위에서 팔딱거리는 생선을 보고 소스라치게 놀랐다는 마지막 부분이 압권인 시였다. 아이는 지금껏 자신이 좋아한 것이 죽은 고등어였다는 걸 그때 알았다고 했다. 아이에게는 살아 팔딱이는 생명체가 죽음보다 낯설었던 것이다. 지금껏 죽어 요리된 고등어만을 생각하고 좋아해 왔다는 걸 깨닫는 지점에서 나는 언뜻 진리를 본 것도 같다. 진리는 멀리 있지도 않고 크지도 않은 무엇일지도 모른다.

진리란 어쩌면 이슬처럼 작은 것을 가져오는 순간에 있지 않을까? 책을 읽다가 번쩍, 밑줄 긋고 싶은 문장이 진리이고, 점심시간이 가까워지면, 근처 백반집이 진리구나 싶다. 주차장에 나타난 두꺼비는 아침부터 꿈적하지 않고 있더니 9시 뉴스의 시작과 함께 엉금엉금 기어 나와 긴 혀로 여름밤의 몸이 되기 위해 움직인다. 그나저나 나는 입 냄새가 나는 마스크를 빨아 놓아야 하는데 귀찮고, 아침식사 장만하는 것이 귀찮다.

이럴 땐 휴가가 진리인데, 침대에 누워 빈둥거리는 나에게 누군가 왜 아무것도 안 하느냐고 물으면 "모소 대나무처럼 뿌리를 내리는 중입니다."라고 대답할 것이다. 이슬처럼 작은 것들을 원하는 삶을 살고 싶다.

×

기다림 속에 시심

파스칼은 인간의 모든 불행은 오직 고요함 속에 휴식할 줄 모르는 데서 비롯된다고 한다. 피에르 쌍소의 책 『느리게 산다는 것의 의미』 첫머리에도 파스칼의 말이 인용되어 있다.

방배동의 한 카페 창가에 앉아 친구를 기다리는 중에 제목에 끌려 집어 든 책인데 앉은 자리에서 절반을 읽어 버렸다. 시켜 놓은 커피가 식어 갈수록 만족감이 차올랐다. 어떤 문장은 읽는 것만으로도 완전한 만족을 준다. 이제는 좀 쉬고 싶다고 생각할 때, 나에게 당장 휴식하라고 말하는 문장도 그렇지만, 포도주를 마시는 것이 바로 시적인 행위라는 문장은 또 어떤가. 장소와 계절과 인간이 섬세하고 은밀하게 조화를 이루는 순간 시정이 태어나는 것이라면 쌍소의 글을 만난 그 순간이 아닐까.

나를 옹호해 주는 글을 읽는 기쁨이 온몸을 휘감는다. 술을 좋아하는 시인에게 술을 마시는 그 자체가 시적인 행위라고 말하며, 그러니 어서 술을 먹으라고 속삭이는 문장들. 나는 책을 읽는 내내 나의 대변인을 만난 것처럼 즐거웠다.

저녁 시간이 되어서야 일할 의욕이 생기는 나 같은 사람이 일찍 자고 일찍 일어나라는 소리를 평생 들으며 살았는데, 시간생물학자들이 사람마다 각자 고유한 수면 패턴이 있고 하루 중 가장 효율적인 업무 시간이 제각기 다르다고 말하는 책을 읽는 것만큼 기분 좋은 독서는 없을 것이다.

언젠가 친구와 제주도에 다녀올 일이 있었다. 아침 7시 25분 비행기여서 6시까지 공항에서 친구와 만나기로 했는데 비행기 탑승 시간 10분 전까지 오지 않는 친구 때문에 발을 동동 굴렀다. 다행히 탑승하긴 했지만 한 시간 넘게 친구를 기다리며 마음 졸인 생각을 하면 불쑥불쑥 짜증이 올라왔다.

제주도 세화해변 근처에서 책방 '시타북빠'를 운영하는 함돈균 평론가를 만나서까지 공항에서의 일을 하소연했다. 그도 내 심정을 충분히 이해해 주리라 예상했는데, 의외였다.

"공항은 기다림의 장소야"

함돈균 평론가는 자신의 말을 뒷받침하기 위해 영화 〈터미

널)에서 보여 준 기다림의 철학까지 풀어놓기 시작했다. 내내 시무룩하던 친구는 그날 중 가장 환한 미소를 지으며 처음 만난 평론가와 하이파이브를 했다. 자신을 옹호하는 생각을 만났으니 얼마나 기뻤을까? 저렇게 예쁜 미소를 감춰 뒀었구나. 그제야 내내 마음이 불편했을 친구에게 미안한 마음이 들었다. 언제는 기다리는 마음 덕분에 눈 내리는 날이 아름다워지는 것이니, 기다림이 있기에 평범한 날도 소중해지는 것이니 하는 글을 써 놓고는 이제 와서 기다림은 짜증이 나는 일이라고 쓰게 될 줄은 까맣게 몰랐다.

쌍소의 말이 맞았다. 포도주는 지혜의 학교다. 알코올은 내게 아무도 보지 못한 풍경을 주고, 불가능한 것을 믿고 싶은 환상을 준다. 어느새 마음이 다 풀어졌다. 포도를 잘게 으깨고 으깬 것을 체로 걸러 오크통에서 발효시키는 동안, 포도주란 글자엔 기다림이란 천사가 숨어들었을 것이다. 보랏빛이 붉은빛으로 몸을 바꿀 때까지 하염없이 기다린다. 그 기다림 속에서 백 년이 된 와인도 있고 이백 년이 된 와인도 있겠지? 그에 비하면 나의 기다림은 얼마나 짧은가.

공항에서도 낭독회에서도 강의실에서도 나는 기다린다. 기다리는 게 일이다. 밤에는 비 소식이 있다. 농부와 산불 감시원은 이 비를 기다린다. 나는 와인 한잔으로 목을 축이고, 무엇인가 쓰고 싶게 하는 마음을 기다린다. 이렇게 기다리다 보면 꽃이 오고 새가 오고, 초록으로 무성해지는 여름이 오겠지? 기다림은 벌이 아니다. 기다림은 시를 움트게 하는 성소이다.

시인의 달력

12월 마지막 날. 달력의 뒷장이 없다. 아이는 학교에서 달력을 만들어 왔다. 1월부터 12월까지 중요한 날마다 붉은 글씨로 표시되어 있다. 자기 생일, 어린이날, 개교기념일이 눈에 띈다. 가장 기다리는 날이란 뜻일 테다. 작년 달력을 벽에서 떼어 내면서 생각한다. 작년 이맘때 내가 기다리는 것들은 무엇이었을까? 1년이 이렇게나 순식간이라니 믿을 수 없다.

김재근의 시 「여섯 웜홀을 위한 시간」에는 새해가 되면 사랑하는 사람의 손톱을 땅에 묻어 주는 인디언들이 나온다. 진짜인지 아닌지는 알 길이 없다. 그런데 이런 아름다운 풍습이라면 무턱대고 믿어 보고 싶다. 시간을 고스란히 바쳐 길러 낸 손톱이라고 생각하니 지금껏 너무 함부로 버려 온 것 같다. 간절한 기다림의 순간을 잊어 온 날들이다.

친구에게 메시지가 왔다. "카카오톡에서 가장 기분 나쁜 상대의 답변이 뭔지 알아?" 기분 좋은 연말에 가장 기분 나쁜 답변을 떠올리고 싶진 않은데, 무슨 이야기를 하려는 걸까? 친구는 회사에서 소통 교육을 받는데, 강사가 제시한 가장 기분 나쁜 상대의 답변은 '읽씹'이었다고 한다.

친구는 며칠 전 한 단체 채팅방에서 있었던 일이 아직도 마음에 남은 모양이다. 그의 질문에 늦지 않게 대답한 사람은 나뿐이었다. 그는 내게 전화해 하소연했다. "아무리 바빠도 이렇게까지 답을 안 할 수가 있냐?" 그때 그의 말을 충분히 들어줬어야 했는데, 백화점에서 친구와 장갑을 고르는 중이라 그러지 못했다. 해소되지 못한 마음은 반복적으로 현재와 연결된다. 누구에게라도 충분히 이해받았다면 가장 기분 나쁜 상대의 답변이 '읽씹'이라는 강사의 말에 크게 공감하지 않았을 텐데……. 오히려 '읽씹'의 수많은 경우의 수를 헤아려 볼 수도 있었을 것이다. 예를 들면, 조금 신중하게 생각하는 중이라든가. 만나서 이야기하고 싶다든가. 미안해서 말을 꺼내기가 힘들다든가.

나는 친구의 입장을 최대한 이해해 보리라 작정하고 그의 이야길 들었다. 그러자 친구가 이전보다 더 좋아졌다. 적어도 그들에게 나보다 더 많은 애정을 지닌 사람이라는 생각이 들어서였다. 무엇을 기대하건 간에 그는 기대할 줄 아는 사람이다. 적어도 그는 그들의 답변을 기다렸던 사람이고 나는 그러지 않았던 사람이니까. 그리고 그는 내게 언제나 늦지 않게 답장하는 사람이었다.

눈을 기다리는 마음은 온전히 눈을 기다리는 사람의 것이고, 그 마음 덕분에 눈 내리는 날이 아름다워진다. 나는 답변을 기다렸을 친구의 마음을 오래오래 생각했다. 저마다의 바쁜 사정이 있고 그런 가운데 한 사람 한 사람을 빠짐없이 아껴 챙긴다는 건 불가능할지도 모르겠다. 하지만 이 불균형한 관계의 기울기를 생각한다면, 적어도 내게로 기울어 있는 사람은 얼마나 귀한가.

친구는 여행작가 손미나의 글을 좋게 읽었다며 『스페인 너는 자유다』의 한 대목을 이야기해 줬다. 한 스페인 청년에게 고백받은 작가가 청년이 자신보다 어리다는 이유로 거절의 말을 전했고 그 말에 청년이 대답하기를 그건 네가 나보다 나이가 많아서 좋다는 말처럼 이상한 말이라고 했단다. 영화 〈헤어질 결심〉에서 서래가 해준에게 한 말도 생각났다. 서래는 결혼했다는 사실을 강조하는 해준에게 이렇게 묻는다. "한국에선 좋아하는 사람이 결혼하면 좋아함을 멈춥니까?" 스페인 청년도 서래도 대답을 기다리는 사람이다. 원하는 대답을 들진 못했어도 사랑의 주인이 된 사람들은 눈처럼 아름답다.

달력 공장이 가장 바쁠 때가 8월이다. 아직 오지 않은 겨울이 오길 기다리면서 공장은 출렁거리는 잉크 냄새로 가득했겠지? 그 열기 속에서 달력을 만드는 사람들은 시간이라는 주름을 갖게 됐으리라. 달력이란 이미지를 떠올리면 가장 가까운 것부터 가장 먼 것까지 나열하게 된다. 달력은 어머니가 되기도 하고 고니가 되기도 하고 비행기일 수도 있다. 우리가 기다리는 것이라면 무엇이든 될 수 있다. 아주아주 평범한 날도 기다릴 만한 가치가 있다. 하루하루 빗금 그어 가며 기다리면 모든 날이 소중해진다.

작년엔 눈 쌓인 서울을 구경하지 못했다. 기다리지 않은 날이라서 눈이 왔다는 소식도 못 듣고 잠만 쿨쿨 잤다. 올해는 눈이 10센티미터나 쌓였다. 아이는 뭐가 그리 좋은지 눈싸움을 하고 눈사람을 만들고 집으로 돌아왔다. 최승호 시인은 시 「바보성인에 대한 기억」에서 세상이 온통 눈으로 뒤덮인 풍경을 쓰레기 더미에 비유한다. 그리고 질문한다. 하늘이 우리에게 쓰레기를 퍼부은 것이냐고. 질문에서 아니라고 믿고 싶은 시인의 마음이 읽힌다. 기다리지 않은 눈은 쓰레기가 되고 마는데, 어린 시절엔 단 한 번도 눈을 쓰레기라고 여긴 적이 없었다.

　달력에서 출발한 이야기가 너무 멀리 온 것 같다. 아니, 더 멀리 가야 한다. 새 달력에는 되도록 많은 날에 빨간 펜으로 표시해 두면 날마다 좋은 날이 되지 않을까. 시인의 달력이라면 더욱더 많이.

×

물은 완벽하다

경북 포항의 모교 낭독 행사에 초청받아 다녀왔다. 열 명의 이름 옆에는 내가 쓴 시의 제목들이 나란히 놓여 있었는데 나는 단 한 편의 시도 낭독하지 않았다. 시는 모두 다른 사람의 목소리로 낭독됐다. 나이도 성별도 그간의 경험도 다 다른 사람들의 낭독을 듣고 시에 관해 이야기하는 시간은 언제나 나를 매료시킨다. 높낮이가 다른 목소리, 느리거나 빠른 말의 속도, 한 사람의 발음과 떨리는 호흡. 실수 없이 끝까지 읽는 것도 좋지만, 조사 하나를 바꿔 읽거나 특정 글자 앞에서 머뭇거리는 버릇 덕분에 완벽해지는 시도 있다.

낭독자 중에는 고등학교 시절 나의 국어 선생님도 계셨다. 선생님은 내가 고등학교 3학년 때 쓴 시를 낭독해 주셨다. 까맣게 잊고 있던 시였다. 고교 백일장에서 상을 받은 거라 잘 쓴 시라고 기억했는데, 다시 보니 소쿠리에 담긴 채 쪼글쪼글 말라 가는 싹 난 감자를 어머니의 희생에 비유한 그저 그런 뻔한 시였다. 그런데 좋았다. 선생님의 목소리로 들으니 그 시절의 내가 지금의 나를 일으켜 세우는 기분이랄까? 선생님은 눈이 어두워 글자가 잘 보이지 않는다며 더 밝은 쪽으로 몇 걸음 옮겨 가시더니 안경을 벗고 낭독을 시작했다. 시가 무엇인지도 모르고 서점에서 산 한 권의 시집을 수십 번 다시 읽으며 시를 흉내내던 때의 나를 어쩜 저렇게 진심으로 읽어 주실까. 어디로든 한 발 한 발 걸어가고 있다는 확신을 주던 선생님의 목소리가 여전히 가슴을 울려왔다.

낭독회가 끝나고 손 편지가 가득 든 종이 상자를 선물받았다. 집에 와 하나하나 꺼내 읽어 보는데 한 학생의 편지에 오래 마음이 붙들렸다. 「빨래집게」라는 시에 대해 내가 들려준 이야기를 꾹꾹 눌러 담은 편지였다. 죽음에 가까운 순간에도 아이를 버리고 갈 수 없다는 말에 눈물이 날 뻔했다고 쓰여 있었다. 편지 속 '눈물'이라는 단어는 왜 이리 사람을 잡아끄는 것인지, 눈물은 그렇게나 많은 상투성을 껴입고도 여전히 아름답구나 싶었다. "작고 알록달록한 양말들을 집게로 집으며/버리고 갈 수 없는 것들을 생각해요"라는 구절을 지나와 아이의 양말이 얼마나 앙증맞은지 아냐고 물었을 때 분명 웃었던 것도 같은데, 이 학생은 얼마나 가슴이 저렸을까?

"저희 어머니는 제가 여덟 살 때 돌아가시고 아버지는 현재 직장암에 걸리셨어요. 어머니와 아버지 두 분 다 저를 버리고 갈 수 없다는 생각을 가지셨을 것 같다는 생각이 들었어요."

어떤 시는 이렇게 누군가의 마음에 옮겨 심긴다. 그러고는 그 사람의 시로 다시 자란다. 낭독회에서 처음 보는 시인에게 꺼내 보인 이 마음이 시가 아니면 무엇일까? 아직 고등학생일 뿐인 이 아이가 여덟 살 때는 철이 없었다고, 지금도 철이 안 들었다고 하는 말이 내 가슴을 사정없이 들이친다.

글을 쓸 때마다 완벽에 대해서 생각한다. 완벽한 것은 어디에 있을까? 완벽해 보이는 것일수록 흠이 많았다. 그렇다면 흠이 많아서 완벽하다는 건가? 틈을 벌리고 들어찰 수 있는 것들을 떠올려 본다. 강물은 많은 물줄기가 모여 하나의 물줄기로 흘러간다. 어떤 물은 아래로 흐르고 어떤 물은 위로 또 어떤 물은 가장자리로 또 어떤 물은 나뭇가지에 걸리거나 돌에 걸려 아주 늦게 흐른다. 이음새도 없이 금방 하나가 되는 물, 전혀 다른 기억을 가지고도 여러 줄기가 하나로 합쳐질 수 있다는 것이 놀랍다. 따로따로 각자의 상처 안에서 철옹성이 된 사람들 사이를 파고드는 시를 그려 본다. 완벽보다는 완벽의 가능성을 생각하는 마음이 물에 있다. 그래서 물은 완벽하다.

"우리도 가서 구경하면 안 되나?"

작은 규모의 낭독회에 부모님까지 모신다는 게 너무 요란스러운 것 같아 말렸지만, 내 뜻대로 되는 일은 없었다. 부모님은 기어이 맨 뒷자리 구석을 차지하고 앉았다. 피해 주지 않고 조용히 구경만 하겠다며 오셔서는 사회자 선생님의 멘트에 일어나 청중의 대대적인 인사도 받았다. 하기야 대학 졸업식 때는 외할머니부터 고모, 이모, 삼촌, 팔촌에 당숙까지 다 와서 사진을 찍었지.

나는 가까운 이들의 호들갑 덕분에 내가 하찮다는 생각을 덜 하고 살았다. 그들은 완벽하지 않은 내 곁으로 다가와 내 헐거워진 틈을 껴안고 일어서게 한다. 내가 쓰는 시가 어려워서 뭔 말을 하는지 모르겠다면서도 딸이 하는 말을 들어 보려고 호들갑 떨며 온, 세상에서 가장 완벽한 부모님. 완벽이란 마음에서 태어난다는 듯 진지하면 어깨가 굳고 그림자마저 뻣뻣해진다며, 유연하고도 완벽한 물처럼 살라 했다.

나를 키운 건 8할이 칭찬

나는 가끔 고등학교 시절로 돌아가고 싶어서 미칠 것 같다. 순수하게 쓰던 시절의 감각을 잃어 가고 있어서일까? 온몸의 피톨 하나하나마다 세계를 옮겨 심던 시간이 그립다. 그때 나는 못생기고 키만 멀대같이 큰 학생이었지만 남자 친구도 있었고 키스도 해 봤다. 지금 생각해 보면 정말 웃긴 일이 아닐 수 없다. 하라는 공부는 안 하고 연애하느라 성적을 탕진하다니! 하지만 시라는 건 놀랍게도 연애하느라 성적을 탕진할수록 그 존재감이 커지는 것이었다.

사람에게는 누구나 인정받고 싶은 욕구가 있는데, 이 인정 욕구가 채워지지 않으면 우울감에 빠져 자존감을 잃기 쉽다고 한다. 내겐 인정욕구를 채워 준 유일한 것이 바로 시였다.

내가 시를 쓰지 않았다면 칭찬을 거의 들어 보지도 못하고 학창 시절을 마쳤을 것이다. 나는 시 쓰는 일 말고는 딱히 소질이랄 게 없었다. 합기도를 배웠지만 승단 심사에서 자주 떨어졌고, 키도 크고 다리도 긴데, 달리기가 월등히 빠르지도 않았다. 밤새도록 음악방송을 들어도 음치를 벗어나긴 힘들었으며, 지각을 밥 먹듯이 하고 야간 자율학습 시간에는 연애편지를 쓰거나 엎드려 자기 바빴다. 그래서 자주 욕을 먹었다. 그러니 내가 시를 썼다는 게 얼마나 다행인가! 욕을 들은 만큼 칭찬을 들을 수 있어서 내게는 항상 본전치기 이상의 기분을 선사하는 '시'라니 말이다.

시 이야기를 하니까 아빠의 컨테이너가 생각난다. 아빠는 허허벌판에다가 컨테이너를 하나 두고 아지트로 썼는데, 거기엔 내가 초등학교 때부터 대학교에 입학하기 전까지 받은 상장과 수상작품집과 트로피가 진열되어 있다. 마치 자연주의 시인 메리 올리버처럼 엄청나게 행복하고 충만한 기분에 휩싸인 아버지의 표정을 보았다. 내가 받은 상을 저렇게 애정해 주시니 나는 잠시 노벨문학상을 받고 싶다고 생각해 보다가 시인이 되곤 내로라할 상 하나 못 받은 처지라 송구해졌다.

나를 아끼고 내가 최고라고 무조건 믿어 주는 아빠의 칭찬이 나를 여기까지 오게 했다. 이젠 칠순이 훌쩍 넘으신 나의 아버지가 그 시절이 그립다 하신다. 딸이 받아 오던 상장으로 하루의 시름을 잊으시던 날들이었다고 했다. 내 어찌 그 영광의 시절을 그리워하지 않을 수 있을까? 사귄 애 이름은 새까맣게 잊어도 그 시절 들은 칭찬은 영원히 잊지 못할 것이다.

가슴에 남은 문장, 앙글

'앙글'. 떡케이크 집 이름이다. 이름이 귀엽다고 생각했는데 뜻도 귀엽다. 소리 없이 귀엽게 자꾸 웃는다는 뜻이다. 출간을 축하하기 위해 떡 케이크를 주문했는데, 직사각형 모양의 살구색 바탕 위에 "문학동네 시인선 193 여름 외투 김은지 시집"이라는 글자가 초록색 앙금으로 쓰여 있다. 글자에서 앙금 맛이 난다고 생각하니 시적이다. 혹여 실수라도 할까, 짤주머니를 쥔 손이 얼마나 긴장하며 그 위를 오갔을까? 시집 모양의 케이크 한 귀퉁이에는 분홍색 앙금으로 빚은 탐스러운 꽃송이가 한가득 올려져 있다.

이런 케이크를 만나려고 그랬나 보다. 사실 이곳을 찾기 전까지 네 곳의 케이크 전문점에서 주문을 거절당했다. "시집

디자인은 어렵겠습니다." 꽃 장식이 잔뜩 들어간 멋진 케이크를 만드는 실력자들인데도 시집 모양은 어려워하는구나 싶어서 포기하려는데 연락이 왔다. "실례지만 어떤 자리에 필요하신 건지 여쭤봐도 될까요?" "단짝인 시인이 출간했는데 첫 낭독회 자리에 필요해서요." "그럼, 소연 님도 시인이신 건가요? 오 마이 갓……" 케이크집 사장님은 문예창작학과를 나왔는데 이런 주문이 들어와 너무 놀라고 설렌다고 했다. 그 말을 듣는 나도 덩달아 설렜다. 아직도 시를 좋아하실까? 요즘은 어떤 책을 읽으실까?

케이크 값을 입금하고 예금주의 성함을 기억해 두었다. '시집을 드리면 좋아하시겠지?' 사인본 시집을 건네면서 사장님이 아무리 좋아해도 지금 내가 이 케이크를 받아 든 만큼은 좋아할 수 없을 거라고 생각했다. 문예창작학과를 나와서 이렇게 예쁘고 보기만 해도 가슴이 뛰는 케이크를 만들 수 있다니…….

이제는 연락이 끊긴 문예창작학과 친구들은 무슨 일을 하며 살고 있을까? 조금 색다른 일을 하고 있을 거란 상상을 해보아도 될까? 전공보다 훨씬 마음 가는 일을 만나는 행운을 누리면서, 각자의 삶에서 시의 힘을 발휘하고 있지는 않을까? '앙글'이라는 멋진 상호를 짓는 사장님처럼. 이제는 기억나지 않는 사람의 시를 상자에 넣을 때, 종이 한 장 한 장마다 시와 함께한 공간과 시간을 가만가만 불러들이는 김은지의 시 「종이 열쇠」의 구절처럼 정말이지 시같이 그리운 순간이 이 케이크 하나에 다 불려 온다.

문예창작학과를 다닐 때는 수업 시간마다 친구들이 써 온 시를 읽었다. A4 용지에 인쇄된 시를 두고 나는 어떤 문장에는 좋다고 별표를 치고, 어떤 문장엔 물결 표시를 한 뒤에 아쉬운 점을 메모해 뒀다. 언제 다시 읽게 될지도 모르면서 수업 시간에 받은 친구들의 시를 집으로 들고 와 상자에 담아 두었다. "다른 친구들 건 다 버렸는데 네 시는 하나도 안 버렸어." 이런 말을 하는 친구들이 더러 있었다. 친구와 서먹해진 어느 날에는 그에게 내 시를 버렸냐고 묻고 싶은 걸 꾹 참았던 기억이 있다.

시를 읽었던 계절과 공간이 얼마나 오래 기억에 남는 것인지 안다. 그 시간을 공유한 친구들의 얼굴이 떠오르진 않아도 둘러앉아 시를 읽었던 그 교실을 떠올릴 수는 있고, 누군가의 문장은 가슴에 남아 있다. 언젠가 짐을 정리하다가 버렸을 상자에서 우연히 꺼내 읽은 시는 나무 같고 풀 같고 강물 같았다. 찻잔 같고 바람 같았다. 6월에 꼭 갖고 싶은 문장 같았다.

만난 적 없는 사람을 축하하기 위한 케이크를 만드는 사람이 간직하고 있는 시가 궁금하다. 꽃 모양의 케이크만 만들다가 처음으로 시집 모양의 케이크를 만들기 위해 궁리하고 애썼을 시간이 아깝지 않도록 기뻐해야지 다짐했다. 낭독회가 시작되고 준비한 시집 모양 케이크를 상자 밖으로 꺼내 놓았을 때는 여기저기서 동시에 감탄사가 터져 나왔다. 누군가를 위해 기뻐할 수 있다는 것이 행복하다. 나는 사람들 사이에서 부끄러움 없이 일어나 친구를 위해 쓴 발문을 읽었다.

6월, 물고기들은 산란기를 건넜고 복숭아나무 뿌리는 이제 열매 쪽으로 물을 매단다. 매실은 익어 떨어질 기세다. 앵두나무는 낙뢰와 함께 온 소낙비에 앵두를 모두 털렸다. 털린 앵두는 새의 먹이가 되겠지만 소리 없이 귀엽게 자꾸 웃는 아이의 얼굴처럼 시를 읽는 사람이 만든 케이크가 우리 가운데 놓인다. 그러면 가슴속 연못에 가라앉았던 어떤 문장은 수면 위로 올라와 이내 출렁거린다.

2부

시를 쓰면

처음으로 보여 주고 싶은

사람들

시보다 시 같은 아이

스물여덟 살에 결혼해 아이 하나를 두었습니다. 시보다 시 같은 아이 말이죠. 종종 시 같은 아이의 말을 받아 적습니다. 태양이 작열하는 한여름의 보도블록 위를 걷는 중이었습니다. 그때 아이는 세 살이었습니다.

아이가 말했어요. "엄마, 내 눈이 하얀색이 되어서 길이 하나도 안 보여." 저는 귀여운 아이의 말이 흠집 날까 비단 보자기에 고이고이 싸 두고픈 마음이 되어 버리더군요. 아이는 눈부시다는 말을 하고 싶었던 것일 텐데, 말을 배우는 중이라 눈부시다는 어휘를 몰랐을 겁니다. 자신이 아는 단어들을 총동원한 문장은 그 자체로 아름다웠어요. "햇빛 때문이구나?" 저는 작고 부드러운 아이의 손을 잡고 그늘로 데려갔습니다. 아이는 그늘 아래로 가서야 제 얼굴을 올려다보며 웃었습니다. 놀라움이 깃든 웃음이었죠. 그리고 물었어요. "엄마가 햇빛을 치워 준 거야?"

그 질문을 듣곤 울컥했어요. 살면서 누군가에게 이런 전적인 신뢰를 받아 본 적이 없었거든요. 언제나 제 앞엔 불가능만이 놓여 있었어요. 제가 어떤 일을 어렵게 해냈을 때조차도 사람들은 믿어 주지 않았어요. "정말 네가 한 게 맞아?" 하는 일마다 실패로 끝나기 일쑤였지만 이번엔 제가 어렵게 해낸 일인데도요. 전 다른 사람들의 지적을 두려워하는 게 아니에요. 단지 '넌 할 수 없을 거라고 말하는 사람'보다 '넌 할 수 있을 거라고 말해 주는 사람'을 꿈꿔요. 그런데 세상에나! 햇빛을 치워 주는 엄마라니! 단지 그늘로 데리고 가 햇빛을 피하게 해 준 것뿐인데 말이죠. 대자연 앞에서 속수무책인 나약한 인간이 아니라 태양마저 마음만 먹으면 간단히 치워 줄 수 있는 신들의 세계가 아이와 제가 딛고 선 골목길에 나타났다 사라지는 그런 순간이 시가 아니면 무엇이었을까요? 나의 작고 작은 아이는 자기가 가진 소박한 말들로 어쩌면 이렇게 다채로운 세계를 제게 선물하는 걸까요?

아이는 한글을 깨치면서 제게 시도 때도 없이 편지를 선물이라며 건네기 시작했어요. 아이를 씻기다가 코피를 왈칵 쏟

73

은 적이 있는데 아이는 많이 놀랐던 모양이에요. 울음을 터뜨리는 아이를 겨우 진정시키고 지혈을 위해 휴지로 코를 막고 침대에 누워 있었어요. 아이는 그 사이 편지를 써서 누워 있는 제게 내밀더군요.

저는 이 아이가, 저를 오롯이 자신의 세계로 초대하는 이 아이가 너무나 소중했어요. 지금까지도 아이가 제 몸의 일부였던 때의 기억을 고스란히 간직하고 있습니다. 그래요, 어쩌면 시보다 시 같은 아이를 배 속에 품었던 그날이 있어 제가 시인이 되었는지도 모르겠어요.

나는 도봉구에 산다

내가 도봉구에 살게 된 건 순전히 남편 때문이다. 남편이 아니라면 나는 도봉구에 평생 발을 딛지 않을 수도 있을 만큼 도봉구와는 무관한 사람으로 살았을 것이다. 나는 대학원 석사 과정 때 지금의 남편을 만났다. 당시 남편은 도봉구 방학동의 연립주택 옥탑에 살았는데, 이 간단한 사실을 알아내기까지 속이 썩어 문드러지는 줄 알았다.

그는 수업을 마치면 쏜살같이 사라졌다. 술자리에서도 흡연 구역에서도 도서관에서도 열람실에서도 그를 보기란 힘들었다. 정말 그는 학교를 다니긴 하는 걸까? 도대체 수업 시간에만 잠깐 나타났다가 사라지는 사람을 진정한 대학원생으로 볼 수 있는가! 고찰해 볼 필요가 있었다.

나는 콧대 높은 척하는 취미가 있어서 관심이 있어도 없는 척하려고 노력하는 인간 유형이다. 그렇지만 궁금증에는 장사가 없다. 정말 너무 궁금한 나머지 나도 모르는 사이에 그에게 따지듯이 묻고 있었다. "오빠는 도대체 어디 가는 건데?" 그러자 그가 말했다. "집!" 나는 더 궁금해졌다. 그래서 물었다. "집이 어딘데? 집이 그렇게 좋아? 집에서 누가 기다려?" 그는 집에 시 쓰러 간다고 했다. 그것 말고는 아무에게도 관심이 없다고 했다. 그리고 그의 집은 학교에서 너무 멀었다. 나는 크게 실망했고 콧대 높은 척하기에는 이미 콧대가 너무 심각한 손상을 입고 말았다. 그래서 그냥 콧대 높은 척하는 일은 포기하기로 하였다. 도봉구에 있다는 그의 집이 궁금해서 잠이 오지 않았다.

그러다 기회가 왔다. 학부 동아리 엠티를 우이동으로 간다는 것이다. 지도를 검색해 보니 방학동이 엎어지면 코 닿을 곳에 있는 것 아닌가! 나는 되도록 빨리 술에 취하고자 했다. '술에 취하면 내가 고백하는 것이 아니고 술이 고백하는 거다!' 최면을 걸었다. 그리고 드디어 취했을 때, 술자리를 빠져나와 그에게 전화를 걸었다. 그리고 물었다. "오빠 집에 놀러 가도 돼?" 그는 자신의 방이 누추해서 보여 주기 싫다고 했지만 그 말은 뻥이었다. "아무리 누추한 곳이라도 네가 왔으면 좋겠어." 이런 말이라는 것을 내가 안다. 왜냐하면 그는 통화 내내 우이동과 방학동이 얼마나 가까운지 강조했고, 자신의 집으로 오는 길을 소상히 알려 줬으며, 심지어 나를 마중 나왔기 때문이다. 나는 생각했다. '콧대 높은 척은 나만 실패한 것이 아니다. 세상은 정말이지 공평하구나!'

나는 그의 집을 좋아했다. 그가 읽는 책의 목록을 훑으며 이 사람을 알 것 같은 기분에 사로잡히는 그 시간이 너무 행복했기 때문이다. 하지만 방은 너무 좁았고 화장실은 추웠다. 샤워하고 나오면 온몸이 덜덜덜 떨렸다. 그게 내가 기억하는 도봉의 첫 기억이다. 도봉은 춥지만 뜨겁게 사랑했던 사람이 있는 곳이었다. 도봉에 있는 날은 갈수록 늘어났다. 도봉을 사랑했다. 하지만 결혼하고 나서도 도봉에 살긴 싫었다. 왜냐하면 도봉엔 시누이가 두 명이나 살기 때문이다. 시누이를 싫어해서 그런 건 아니다. 그냥 한국 사회를 살다 보면 나도 모르게 시누이가 둘이나 사는 동네에 신혼집을 구하면 안 될 것 같은 느낌적인 느낌이 드는 것일 뿐이었다. 아마 다들 공감하고 있다는 거 안다.

남편은 도봉을 떠나기 싫어했다. 이유는 도봉에 사는 시누이가 둘이나 있기 때문이다. 같은 이유로 우리는 반대 의견을 가지게 된 것이다. 나는 장담할 수 있다. 내가 남편을 더 사랑한다. 나는 양보했으므로. 남편이 도봉구에 살면 도봉산의 정기를 받아 시를 잘 쓸 수 있게 된다고 꼬드겼기 때문에 질 수밖에 없었다. 그리하여 나는 도봉에 살게 되었고 살아 보니 참 좋다. 시누이들은 거의 나에게 관심이 없고 아무것도 터치하지 않는다. 괜한 걱정을 했다. 막내 시누이는 도로 하나만 건너면 되는 아파트에 사는데도 거의 얼굴 본 적이 없다. 가끔 만나면 너무 반가울 지경이다. 게다가 실제 도봉구에 사는 동안 등단하고 시인이 되었다. 거짓말인 줄 알았는데 진실이었다.

요즘은 동네 책방 '도도봉봉'에서 사람들과 시 모임을 하고 있는데 너무 소중해서 이 시간이 끝나지 않았으면 좋겠다고 생각할 때가 많다. 시를 쓰고 읽는 사람 중에서도 도봉구에 사는 사람들은 단연 최고라 할 만하다.

이 글을 쓰는 도중에 바로 앞자리에서 마감 중인 김은지 시인으로부터 도봉구에 계속 살고 싶은 건 김은지 시인 때문이라고 써 달라는 요청을 받았다. 근데 정말 김은지 시인님 때문에 도봉구를 떠나고 싶지가 않다. 사실 좋은 사람들이 있는 곳을 떠나기란 쉽지 않다. 내게 도봉은 그런 곳이다.

×

사랑에 대하여

어떤 사랑은 작고 어떤 사랑은 너무 작아서 슬프다. 세상이 다 서럽다. 나는 왜 이토록 서러운가. 그것은 내 사랑에 비해 상대의 사랑이 너무 작아서다. 독점욕과 질투가 커서다. 그런 서러운 날에는 전화도 문자도 하지 않고 혼자 침대에 누워 생각한다. 가슴둘레도 아니고 사랑이라는 눈에 뵈지도 않는 것의 크기를 재고 있는 나는 옳은가? 지금에 와서 생각해 보면 내 사랑의 시작은 너무나 명랑하고 밝고 선명했다. 사랑의 크기 따위는 신경 쓰지 않았다. 나의 사랑은 나름 훌륭했던 것 같다. 당신이 받겠다고만 하면 주기만 해도 좋았으니까. 나는 말을 많이 했다. 수다스러웠다. 조잘조잘. 궁금한 게 너무 많았고 질문도 많이 했다. 사랑할 때는 스스로의 마음에 솔직해야 한다는 것이 내 사랑의 법칙이자 규율이었다. 마음의 일을 상대에게 알리는 일이야말로 사랑하는 자에게 주어진 엄중한 임무와도 같은 것이라 믿었다. 그러니 애정 관계 안에서 내가 보여 준 꾸준하고 성실한 솔직함이란 존재를 격상시키고 떳떳하게 할 뿐, 체면을 깎아 먹는 일에는 조금도 복무하지 않는 것이었다. 적어도 나의 기조 위에서는 그랬다. 기싸움 같은 건 불필요했다. 나에겐 상대가 나를 얼마나 사랑하는가보다 내가 상대를 얼마나 사랑하는가만 문제였다. 그러나 인간이란 족속은 화장실 들어갈 때 마음과 나올 때 마음이 다르다. 나는 고백했고 사랑을 이룩했다. 대학원 석사 과정 때 만나 더럽게 팅기시던 분을 열과 성을 다해 꼬신 건 나였다. 그리고 나는 그 모든 일의 주체였다. 주체여서 행복했다. 그러나 나는 오늘 화장실을 나오면서 생각한다. 그가 나를 더 사랑하지 않으면 화가 날 것 같다고. 만약 그렇다면 다 때려치워 버릴 것이다. 왜 내가 이만큼이나 그를 사랑하는데, 그는 나를 덜 사랑하는가. 그런 징후들이 포착될 때마다 견딜 수가 없다. 과학자들이 말하는 사랑의 유효 기간은 대략 1년 6개월이라고 한다. 그 기간이 지나면 생물학적으로 뜨거운 사랑의 시기는 지나 버린다는 것이다. 하지만 나는 그 과학적 사실을 용납할 수가 없다. 그건 뭔가 잘못되었다. 모른 척 계속 뜨거워라. 아침에 끓인 국이 식으면 다시 끓여 저녁상에 올리듯 여전히 뜨거워라. 풍만한 상상력으로 날마다 사랑하는 이를 새로이 보아라. 나는 말할 수 있다. 그는 아름답다. 볼수록 아름답고 봐도 봐도 눈부시다. 콧날은 오뚝하고 콧구멍은 커서 짜릿하다. 가끔 비치는 콧구멍 안의 어둠이 신비스럽다고 느낀다. 햇살이 찬 기운을 통과해 우리의 형상 위에 포옥 쏟아질 때면 고개를 옆으로 돌려 빼곡한 속눈썹에 둘러싸인 그의 눈동자를 가만히 간직했다. 내가 볼 수 있는 사랑을 간절하게 보았고 금세 그리워질까 간직했다. 그는 매일 새롭게 늙어 가고 있으니까. 나는 그의 주름들, 뾰루지들, 덜 깎인 수염들, 목에 난 여러 개의 점들, 그런 것들을 온 마음으로 끌어안고 입을 맞추었다. 더 이상 뜨겁지 않은 마음을 시간에 따른 자연스러운 현상으로 받아들이는 것에 대해서 나는 분노할 것이다. 남들도 다 그러고 산다는 말에 기댄 자연스러움에서 무책임함을 느낀다. 그리고 질투한다. 그가 물을 마실 때 내는 소리를 질투한다. 저 사람의 갈증을 풀어헤치는 꼴깍꼴깍 넘어가는 소리를 질투한다. 그가 독점하는 세탁기와 다리미판을 질투한다. 내가 할 수 없는 일들로 그를 흡족하게 하는 모든 것을 질투한다. 사랑하지만 완벽히 내게 소속되지 않는 존재의 운명에 대해서 질투한다. 질투란 불안이다. 나는 불안하다. 밤이 되면 돌아올 집이 있고 남편이 있고 귀여운 아이가 있지만 불안하다. 그는 내 소유물이 아니다. 생각이 다르고 말투도 다르고 식성도 다르며 하루 중 절반의 시간은 나를 벗어나 있다. 설사 하루 종일 나와 붙어 있다고 해도 그를 통제할 힘이 내겐 없다. 그의 본능과 심연마저 내게 고정된 것이라면 얼마나 좋을까? 아무리 늘어뜨려 놔도 옥죄어 오는 치수 작은 파자마의 허리 고무줄처럼 자꾸만 짱짱하게 원상 복귀되는 관계라면 내가 무슨 이유로 질투하겠는가? 사랑은 영원하지 않은가? 그러면 매일매일 사랑을 갱신하는 나 같은 사람에게서 언제까지 부당 애정을 취하려는가? 아무것도 하지 않는 사랑의 권력자에게 요구한다. 이제 모자란 부분을 채워라!

× 매기

나의 두 번째 시집 『거의 모든 기쁨』에 수록된 시 「씻지 않고 자요」에 등장하는 매기는 음성 기반 SNS에서 만난 친구다. 매기라는 친구를 좋아하는 사람이 많다. 그런 사람들과 이런저런 말을 하다가 매기라는 이름이 들어간 시를 쓰기로 했다. 막연한 약속이었는데 지킬 수 있어서 다행이다. 매기는 성대모사도 잘하고 노래도 잘하고 상황극도 잘한다. 기가 막히게 웃기고 코가 막히게 착하다. 매기가 웃으면 나도 따라 웃게 된다. 매기는 스스로 깔깔이라고 말한다. 깔깔이는 침묵과 침묵 사이를 메우는 역할을 하는데 가끔 힘이 드는지 신세한탄을 한다. 근데 신세한탄은 더 웃기다. 오랜 친구 사이는 아니어서 잘은 모르지만 매기는 흥미롭다. 그중에서도 가장 흥미로운 건 매기가 아주 오래오래 씻는다는 점이다. 물고기 메기가 물속에 산다는 건 알지만 인간 매기도 물속에 사는 걸까? 씻는 게 귀찮은 나 같은 사람이 가만히 누워서 듣는 목소리들은 물속에 살아도 좋겠다 싶다. 휴대폰을 욕실까지 들고 가서 우리의 대화를 듣고 있을 매기를 떠올리며 시를 썼다. 나도 계속 듣고 싶은 말들이 있어서 귀를 남겨 둘 때가 있다. 나는 그러니까 그런 유관한 세계를 사랑한다. 더 이상 무관할 수 없는 세계가 늘어나고 있다. 오늘은 그게 참 마음에 든다.

곁에 두고 싶은 말

매듭이라는 말 참 좋다. 잡아매어 마디를 이룬다는 의미도 좋고, 어떤 일을 마무리한다는 뜻도 좋다. 자그마한 땅에 농사를 짓고 사는 아버지도 매듭을 좋아한다. 농사일은 허구한 날 매듭짓는 게 일이다. 매듭 좋아하지 않는 사람은 농사질 생각을 말아야 한다는 사람도 더러 봤다.

"대체 왜 배추 한 포기 한 포기 따라다니며 못살게 구는 거야? 그냥 좀 두지."

"배추는 묶어 둘 때 속이 차는 거야."

아버지는 해가 기울도록 배추 묶느라 여념이 없다. 그때 사용하는 것이 볏짚으로 꼬아 놓은 새끼줄이다. 이제 와선 새끼줄로 묶어 놓은 것이 배추가 아니라 아버지의 마음이겠거니

한다. 아버지의 손길이 가닿은 저 매듭에는 추위에 얼어 죽지 말라는 따뜻한 말 한마디가 묻어 있다. 그래서일까? 아버지의 매듭은 보고만 있어도 따뜻해진다.

매듭만 봐도 알겠다. 누구의 것인지. 동여맨 후 매듭을 끈 안으로 넣어 감추는 모양은 아버지만의 표식이다. 매듭에서 한 사람의 삶이 보인다고 했다. 아버지는 박스 하나를 묶는 일에도 정성을 다했다. 아버지가 보낸 택배 박스가 우리 집 현관에 닿을 때까지, 아버지의 매듭은 풀리는 일이 없다. 매듭이 담아 묶은 아버지의 마음이 그야말로 고스란히, 어디 하나 축나거나 상하는 일 없이 내게 당도했다. 뭉클할 때가 많다. 온전히 전하려는 성정을 닮고 싶다. 나도 내가 쓰는 글에 진심을 담아 온전히 전하고 싶다. 진심을 담았다고 말하지 않아도 전해지는 진심이란 아버지의 매듭을 닮았을 것 같다.

나는 포항의 한 시골 마을에서 유년 시절을 보냈다. 부모님은 주로 논농사를 지었다. 밭농사도 조그맣게 지었다. 변소 옆에 외양간을 지어 놓고 소도 먹였다. 앞마당 뒷마당에 과일나무도 많이 심었다. 나는 아버지가 만든 세계를 누구보다도 사랑했다. 앵두나무도 채송화도 사과가 열리지 않는 사과나무도 여태껏 다 간직하고 있다. 그렇다고 아버지에게 직장이 없던 것도 아니다. 아버지는 평생을 제철소에서 일했다. 정말 열심히 사셨다. 그러면서도 모든 일이 즐겁고 사는 일이 재미있다고 하셨다.

그런 아버지가 요즘 이상하다. 사는 게 아무 재미가 없다고 하신다.

"인자 죽을 날 다 돼서 재미없어. 죽을 날만 기다리는 것 가텨. 니들 키울 적이나 좀 재밌었을까."

"아빠, 나 키울 때 재미있었어?"

"그럼, 재미있었지."

"뭐가 그렇게 재미있었는데."

"태어나서 신기하지. 말 배울 때 예쁘지. 학교 들어가서 상장 받아 오는 것도 기특하고 대학 수시 준비하면서도 너 시 써서 상 받으면 막 가슴이 벅차고 더 열심히 살아야겠다. 이런 생각하면서 피곤한 것도 모르고 일했는데. 근데 지금 생각하니까 그것도 다 후회돼."

"후회돼?"

"그때는 크는 애들 뒷바라지 잘해 줘야지 그게 내 몫이다 했는데, 지금 생각하니까 니들 공부 덜 가르치고 할머니한테 잘할걸. 할머니에게 못 해 준 게 다 마음에 걸려. 그땐 몰랐는데, 내가 느껴 보니까 그래. 할머니 틀니 못 해 준 게 그렇게 후회가 돼. 그 시절엔 우리 동네 어르신들도 다 이 없이 살았거든? 누구 하나 틀니 했다고 자랑이라도 했으면 알았을 텐데…… 늙으면 잇몸으로 사는 건 줄 알았어. 아빠 틀니 한 거 조금만 어긋나도 이렇게 아픈데 우리 어머니는 얼마나 아프셨을까 싶은 것이 인자 와서 후회돼."

아버지 말을 듣는 내내 내게도 후회가 밀려왔다.

"이젠 이바구할 사람도 없고, 재미도 없고, 느그들 출가하니까 포항 멀다고 자주 안 오지. 딸들이 부지런히 자주 댕기고 그러면 그런 생각이 덜 들 텐데……."

"아빠. 나도 후회할 일 만들지 말고 아빠 보러 가야겠다."

"그려, 와. 보고 싶다."

"지금은 또 밭이야?"

"야, 집도 갔다가 밭도 갔다가 하지. 그게 재미지."

다행이다. 농사라는 매듭이 있어서. 그런데 코로나19로 자주 찾아뵙진 못했지만, 아버지가 이렇게 서운해할 줄은 몰랐다. 그게 조금은 기쁘고 조금은 슬프다. 아버지도 내가 필요하구나 싶어서, 나에게도 아버지란 매듭이 남아 있어서 좋다. 나도 아버지가 내게 얼마나 필요한 존재인지 말해 주어야지. 아버지가 지어야 할 매듭으로 남아 오래오래 곁에 있고 싶다. 지금 내가 아이를 키우며 느끼는 모든 것이 아버지가 느끼던 마음일까?

아이가 초등학교 3학년이 되자 매듭짓는 법을 알려 달라고 했다. 운동화나 바지의 끈을 묶는 방법이 아이에겐 여간 어려운 일이 아니었나 보다. 단순하게 묶는 법은 쉽게 익혔지만, 그 매듭을 다시 풀 때가 문제였다. 하여 나비 모양으로 묶는 방법을 일러 주었다. 아이는 몇 번의 실패 속에서 스스로 묶는 방법을 익히게 되었다. 아이가 매듭짓는 법을 익히는 동안 나는 아버지 생각을 했다. 아버지는 언제나 가장 어려운 매듭을 지어, 내게 보냈구나 싶었다. 꽁꽁 묶은 모양이 절대 풀리지 않을 것만 같아도 비밀같이 숨은 끈 하나만 잡아당기면 순식간에 풀어졌으니 말이다.

매듭져 있는 끈들을 바라보면서, 관계란 무엇인가에 대해 생각한다. 끈으로 이어진 사람들, 끈이 떨어질까 조마조마할 때도 있다. 그런데 조마조마한 끈은 쉽게 잡아선 안 되는 끈이었다는 생각이 든다. 끈이라는 것은 함부로 끊어서도 함부로 잡아서도 안 되는 것 같다. 나를 불안하게 만드는 끈이라면 내가 나를 믿지 못하게 하는 끈이라면 그 끈으로부터 최대한 빨리 멀어지라고 말하고 싶다. 그러면 새로운 끈이 나타난다고 그때 그걸 잡으면 된다고. 물론 나조차 불안한 끈을 잡느라 좋은 사람들과 이어진 끈을 함부로 놓아 버리곤 했었다. 여전히 실패를 거듭하며 배우는 중이다. 그런 나에게 아버지란 끈은 태어나서 단 한 번도 놓은 적 없는 끈이다. 나는 처음부터 알았다. 이 끈은 내가 놓아도 아버지 쪽에서 놓지 않으리라는 걸.

수많은 물줄기 끈이 모여 천을 이루고 강을 이루고 다시 바다로 묶여 나간다. 묶여 있으면서 풀어져 있는 끈들, 그것들이 모여 하나의 세상을 이루고 있다.

늙고 쇠약해진 아버지도 또 하나의 세상에 새로운 매듭을 짓는 중이고 나는 후회하는 아버지가 사는 세상도 좋아하기로 했다. 그리고 매일같이 물어보고 싶다. 아버지, 오늘은 무엇을 후회했나요?

유배지에서 생각의 매듭을 풀어헤쳐 나간 정약전과 교도소에서 소설을 구상한 도스토옙스키는 고립된 상황 속에서 주눅들지 않았다. 오히려 그 상황을 즐겼다. 세상에 대한 증오심을 키우는 대신에 인간 심리의 가장 깊은 곳까지 꿰뚫어 보는 글을 썼다. 정약전은 『자산어보』를, 도스토옙스키는 『농부 마레이』를 어떻게 풀어 나갈 것인가 생각했다. 무엇인가 묶여 있는 매듭을 풀면, 그것은 한 사람의 운명이 되는 것일지도 모른다.

그렇다면 매듭이란 무엇일까? 내게 매듭은 묶여 있는 것이 아니라 먼 곳으로 나아갈 생각의 배 같은 것이다. 나비 모양의 매듭, 그것은 멀리멀리 나아가기 위한 힘을 모으는 문자이자 날개이면서 낯선 세계를 향한 길을 그린 지도이다. 이번 겨울에도 포항에서 보낸 상자들은 잘 매듭져 있었다. 상자 위에 짧은 메모가 붙어 있다.

"글 쓰는 일이든, 사람 살아가든 일이든, 잘 매듭져야 한다."

아버지의 말씀이다. 나는 '매듭' 같은 쪽지를 책상 위에 붙여두었다. 매듭이라는 말 참 좋다. 글 쓰는 사람이라면 곁에 두고 싶어 하는 말이다. 매듭 속에는 생각하는 사람과 농사짓는 사람이 함께 살고 있을 것만 같다. 아버지가 쓴 이 '매듭'은 쉽게 풀 수가 없다. 그래서 아름답다.

때마침, 농사짓는 친구 하나가 사진을 보내왔다. 탈곡을 마친 가마니들 사이에 매듭지어진 가마니 하나가 보인다. 내년 농사지을 볍씨로 남겨 둔 것이라고 했다. 봄을 담은 저 매듭 따뜻하기 그지없다.

나만의 복수법

지역에서 만난 활동가들과 모임이 끝나고 몇몇 동료와 밥을 먹는 자리였다. 동료 A가 상사의 괴롭힘 때문에 조금 힘든 시기를 보내고 있다고 이야기했다. 그러자 듣고 있던 B가 자기 일처럼 분개하며 상사가 말할 때 녹음하는 게 어떠냐고 의견을 냈다. A는 상사 앞에 녹음기를 들이밀고 평화로울 순 없을 거라고 탐탁지 않아 했다.

입사한 지 얼마 되지 않은 A에게 상사는 다음 세 가지를 요구했다고 한다. 1. 질문하지 말 것. 2. 야근하지 말 것. 3. 일을 빨리할 것. 아직 일이 익숙하지 않은 A가 질문도 못 하는데 어떻게 일을 빨리할 것이며 더군다나 야근도 금지라니 상사의 요구가 가혹하다 싶었다. B는 A의 말을 들으면 들을수록 답답하고 복장이 터진 듯했다. "당하고만 있으면 네가 바본 줄 알아." "널 함부로 대하는 사람에게 잘해 줄 필요 없다니까. 너를 존중하는 사람에게 잘해 줘." "요즘 같은 시대에 권력질하면 안 된다는 거 모르나?" 다 맞는 말이다. B가 지나치게 걱정하는 것 같았는지 A는 자신이 그렇게 호락호락한 사람이 아니라며 나름의 복수를 했단다.

"복수를 어떻게 했는데?"

A는 상사가 일을 빨리하라고 하면 일을 더 빨리하는 방식으로 복수했다고 한다. 질문하지 말라고 하면 질문하지 않고 어떻게 해서든 이전 문서를 뒤져 가며 답을 찾았고, 야근을 못하게 하면 자료를 싸 들고 와 집에서 일했다고 한다. 성가시고 힘들지만 다 해내는 방식으로 복수한 것이다. 그 말에 B는 더욱더 복장 터진 표정으로 가슴을 쳐 댔다. "에라이, 그게 복수냐?"

A는 복수하면서도 상대를 곤경에 빠뜨리지 않았고 자신도 발전하는 중이다. 나는 A의 복수법이 마음에 들었다. 자신을 괴롭히지 않는 복수. 자신을 허망하게 하지 않는 복수. 그것이 진정한 복수 같았다.

"원수를 갚음"이란 뜻의 복수(復讐)도 있지만 "윗사람이 주는 것을 엎드려 받는다."라는 뜻의 복수(伏受)도 있다. 같은 소리글자에 뜻이 다른 말들을 살펴보는 버릇 덕분에 알게 된 '복수'는 공손히 받음을 이르는 말이다.

내가 살아오면서 가장 많이 한 것은 지각이었다. 지각 때문에 수업에도 늦었고, 회사에도 늦었고, 게으르다는 욕도 먹었다. 글 쓰는 것도 늘 지각이었다. 합평 날짜에 제대로 글을 보내지 못해 "너는 등단도 못 할 거야." "게을러서 졸업은 하겠어?" 이런 말을 들을 때마다 복수할 거라 다짐한 기억이 난다. 그러고 보니 나는 복수하느라 졸업도 하고 등단도 한 셈이다. 어쩌면 내가 잘돼서 배 아픈 사람은 애초에 없던 건지도 모른다. 아마 그때 그 말들은 다 내가 잘되길 바라고 한 엄포였으리라.

시를 쓸 때마다 시적 대상이 주는 말을 공손히 받는 사람이 시인인가 싶다. 그렇다면 어떻게 해야 그 말을 공손히 받을 수 있을까? 두 손을 모아서 받아야 하나? 아닌 것 같다. 시는 공손하게 받으려고 하면 꼭 도망가곤 했다. 사물을 읽는 마음이 잽싸야 하고, 얄밉도록 시적 대상을 응시해야 겨우 시를 얻을 수 있었다. 이걸 공손이라고 쓰고 복수라고 읽어야 하나? 여하튼 나는 일을 하든, 글을 쓰든, 자주 느려 터졌다고 통박을 받는다. 그럴 때마다 나는 복수를 꿈꾼다.

'다음에는 더 일찍, 더 신나게 해내고 말겠어.'

이쯤 되니 복수란 내가 나를 이기는 방법 같다는 생각이 든다. 엄마는 화가 나면 꼭, 너 같은 딸을 낳고 살아 보라고 했다. 복수의 말이다. 그럼에도 불구하고 사랑의 말이다. 딸에게 이해받고 싶다는 말이다. 하필이면 아들을 낳아서 딸 낳고 사는 심정은 모르지만, 엄마의 말을 공손히 받아 살아 보니 알겠다. 이런 게 니체가 말하는 진정한 '적에 대한 사랑'인가? 부모는 내게 평생을 사랑해야 할 적이다.

어느새 가을이 코앞이다. 손택수 시인의 시 「다람쥐야 쳇바퀴를 돌려라」가 새삼 다르게 읽힌다. 시 속에는 다람쥐의 한 마리가 이룩해 낸 세계가 귀엽고도 유쾌하게 펼쳐진다. 모든 건 다람쥐의 건망증 덕분이다. 땅속에 묻어 놓은 도토리를 잊게 하고 그 덕에 상수리나무는 자라서 숲이 되어 새들을 불러들인다. 갈참나무는 열매를 내어 주는 방식으로 복수하고 있던 것이다. 적이 적을 잊어버릴 정도로 많은 열매를 내어 주는 방식이라니 갈참나무를 따라가려면 나는 아직도 멀었다.

대학 때 졸업 못 할 거라는 소리를 듣던 친구들은 모두 졸업했고, 직장 생활 못 할 거란 소리를 듣던 친구들은 모두 취직해 직장을 잘만 다니고 있다. 그리고 등단 못 할 거라는 소리를 듣던 친구들이 모두 작가가 됐다. 어떤 이는 시나 쓰라는 말 때문에 시를 쓰다 말고 소설가가 됐고, 어떤 이는 시는 아무나 쓰는 게 아니라는 말 때문에 시인이 됐다. 하나같이 멋진 복수다. 하지만 마음 아픈 말 하나 듣지 않고도 될 수 있던 거 아닐까? 어쩌면 복수심 없이 더 깊은 그늘을 만들고 더 넓은 세상을 꿈꿨을 사람들이 마음에 콕 박힌 말 한마디 때문에 힘겹게 자기를 마주 봐야 했던 것은 아닐까? 타인의 뾰족한 말 한마디에 무너지지 않고 자기 일을 해내고 있는 사람들에게 감사하다.

사람에게도 '떨켜'가 있다면

잎이 떨어진다. 바람이 눈에 보인다는 감각에 홀리기 좋은 가을이다. 이문재 시인은 「시월」이란 시에서 툭, 툭, 떨어지는 은행잎을 통해 중력을 실감한다. 중력이 은행잎을 따 간다니, 보이지 않는 중력이라고 해 놓고 자욱하다고 느낄 수밖에 없도록 하는 시인의 문장들이 툭, 툭, 심장 위에 내려앉는다. 그러고는 노랗게 타오르는 건너편 은행나무를 넋을 놓고 보게 한다. 한 그루 나무에서 일어나는 일이라는 게 믿기지 않을 만큼 많은 잎이 한꺼번에 떨어져 내린다.

저렇게 많이 떨어지면 아프지 않을까? 잎을 다 떨구고 나면 몸살을 앓을지도 모를 일이다. 한참을 보다 보니 저 나뭇잎은 넙치 같고 이 나뭇잎은 누군가 벗어 놓은 양말 같다. 나는 하릴

없이 낙엽마다 아빠 허리에 붙었다가 떨어진 파스 같네, 감은 눈 같네, 달걀 껍데기 같네, 닮은 꼴을 찾아 주다가 며칠 전 술자리 생각이 났다.

"시인이 생각하는 법이 궁금해요."라는 말 때문이다. 서울 서대문역 근처 식당에서 소주에 돌솥밥을 먹는 내내 생각했다. '나 어떻게 생각하지?' 그러고 보니, 내가 자주 듣는 말 중 하나가 "생각 좀 하고 말해."다. 과연, 생각이 말보다 언제나 먼저일까? 의도도 없고 목적도 없고 중요하지도 않은 말을 시시콜콜하게 하는 기쁨이 얼마나 큰지 아는가? 생각은 거듭될수록 중요도를 따지고 의도와 목적을 찾으려 한다. 그런데 의도는 불순하기 쉽고 목적은 맹목적이기 쉽고 중요한 것은 작은 것들을 놓치기 쉽다. 그러니 생각에 너무 많은 시간을 할애하는 사람들에게 이렇게 말해 볼까 한다. "일단 말하고 생각해." 그렇다고 아무렇게나 말해도 된다는 건 아니다. 헤아리고 살피는 말하기가 필요한 만큼 생각의 무게에 짓눌리지 않는 말하기도 필요하다는 뜻이다.

시인은 쓸데없이 말을 뒤집는 버릇이 있는 것 같다. 생각 좀 하고 말하라는 게 사실 뒤집을 만한 말은 아닌데, 일단 뒤집어 봤다. 그랬더니 뒤집히는 게 신기하다. 말이 안 될 것 같았는데 말이 된다. 말을 먼저 하다 보면 어떤 말에는 삶에 대한 통찰이 깃들기도 한다. 생각을 먼저 하지 않아도 생각이 내려앉은 자리가 선명하다.

나무는 가을쯤 '떨켜'라는 세포층을 만든다고 한다. 잎자루와 가지가 붙는 곳에 물관을 막아 잎을 떨어뜨릴 준비를 하는 것이다. 나무도 이렇게 한 계절을 떠나보내기 위해 노력한다는 게 신기하다. 어쩌면 공들인 생각을 생각 밖으로 내보내기 위해서도 '떨켜' 같은 말이 필요한 게 아닐까? 한 편의 시를 완성하려고 밤새도록 너무 많은 문장을 썼다가 지웠다. 생각 없는 말이 앉았다 간 자리가 없었다면 끝내 쓰지 못했을 문장이 있다.

나무가 이별하는 방법이나 생각이 생각을 떠나보내는 일이나 아름답기 그지없다. '떨켜' 있는 것들을 찾아 놓고 보니 문득 부끄러워진다. 느닷없고 대책 없고 황당한 지난 연애들이 떠올라서다. 나는 죽도록 사랑하다가도 예고 없이 헤어졌다. 홧김에 헤어지고, 전화 안 받아서 헤어지고, 내 문자를 몰래 봤다고 헤어지고, 몰래 담배 피웠다고 헤어지고, 내가 준 꽃다발을 행사장에 놓고 왔다고 헤어지고, 휴대폰 비밀번호를 안 가르쳐 줘서 헤어졌다. 떠올리면 얼굴이 다 화끈거린다.

한 사람에 대한 탐구심으로 타올랐던 시간은 한순간에 고꾸라졌다. 온몸으로 이별을 준비하는 나무까진 아니어도 한 사람에 대한 존중을 담아 최선을 다해 마음을 전하고 충분히 기다려 준 뒤에 헤어질 순 없었을까? 그게 다 내가 성숙하지 못한 탓이겠지만, 시인은 반성하기 위해 태어나는 거라고 우겨본다. 그리고 늙고 병들어 죽을 때까지 반성하는 사람으로 살아야지 다짐한다.

시아버지가 돌아가시기 한 달 전의 일이다. 차가 없던 시절, 전주역에 내려서 시댁인 진안까지 택시를 타고 가곤 했다. 그런데 평소 같으면 먼 길 오느라 고생했다 하실 분이 서운할 정도로 남편을 나무랐다. 돈 아껴 쓰라며, 돈을 길에 버리고 다닌다고 목소리를 높였다. 그때 그것이 정을 떼려고 하는 '떨켜'였을까? 남편은 그날 밤 내내 잠을 설쳤다. 시아버지가 돌아가시자 남편은 시 한 편 쓰지 못하고 큰 상실감에 빠져들었다. 사람이 사람을 잃는 일에는 왜 '떨켜'라는 세포가 없을까? 나뭇잎 수만 개를 한 번에 잃을 준비를 하는 나무의 일과 단 한 사람 잃을 준비도 못 하는 사람의 일에 대해 생각했다.

10월의 마지막 날, 이태원 참사가 있었다. 나는 모든 일을 멈추고 낮달같이 몸져누웠다. 이 참담 앞에서는 슬픔이 견딜 수 있는 것이라는 게 이상했다. 애도라 쓰고 '떨켜'라고 읽고 싶다.

마음이 가닿을 수 있는 가장 높은 곳, 작약

성수동 블러썸제이스튜디오에서 열린 꽃 전시회 '노란 노랑'에 다녀왔다. 빌라 건물 4층의 작은 공간은 노란빛으로 가득 차 있었다. 커다란 거울에 비친 사각 프레임과 의자를 비롯해 웰컴 티를 담은 컵까지 꽃잎의 생생한 노란빛을 머금고 있었다.

그 와중에 내가 놀란 것은 빛나는 노란 꽃잎들 속에서 붉은 작약이 떠올랐다는 사실이다. 처음엔 노란 꽃의 대명사 해바라기가 보이지 않아서 해바라기를 조금 생각했다. 전날 읽은 중국 한족 작가 리쥐안의 산문집 『아스라한 해바라기 밭』 때문이었다. 온종일 홀딱 벗은 채로 키 큰 해바라기 밭을 돌아다니는 엄마의 모습을 뤼지안은 강을 건너면서 물 위로 둥둥 떠오르지 않으려고 노력하는 것 같다고 묘사했다. 바람 한 점 불지 않는 해바라기 밭에 물을 대느라 땀범벅이 된 옷들을 하나둘 벗어 던지고, 종국에는 천 조각 하나 걸치지 않고 장화 하나만 달랑 신은 엄마가 해바라기 하나하나가 물을 충분히 머금는지 지켜보는 마음은 무엇이고 그런 엄마를 지켜보는 마음은 또 무엇일까? 물이 이 대지 위에서 가닿을 수 있는 가장 높은 곳이 해바라기라니……. 리쥐안의 말에 해바라기가 품은 성결한 식물의 길이 느껴졌다. 어쩌면 마음이 가닿을 수 있는 가장 높은 곳이 세상 모든 꽃의 꼭대기인지도 모르겠다. 그렇지 않다면, 어째서 우리는 마음을 전하고 싶을 때마다 꽃다발을 안기고 싶은 걸까? 작약 좋아하는 친구에게 작약을 선물해야지 생각했다. 그렇게 봄이 초록을 벗듯 작약이 내게로 왔다.

꽃을 받은 친구에게서 전화가 왔다. 화병에 꽂은 작약이 얼마나 예쁜지, 오늘은 몇 장의 꽃잎이 떨어지고, 비밀을 움켜쥐었던 봉오리는 얼마나 벌어졌는지 이야기해 줬다. 가만가만 듣고 있는데 친구의 목소리에서 작약 향이 났다. 이 모든 걸 어떻게 설명할까? 시는 설명할 수 없는 것일수록 쓰고 싶어진다. 사랑하는 마음이 그렇다. 예고도 없이 꽃이 피고, 예고도 없이 비가 오고, 예고도 없이 작약이 온다. 물론 그 징후는 울먹이던 구름만 알 것이다. 그런 구름의 몸이 되고 싶다. 작약이 피면 뻐꾸기는 품지 못하는 마음으로 알을 낳겠지만, 나는 그 래도 한 편의 시를 쓰고 싶다. 어제는 봄비가 왔다. 시인 안도 현은 봄비 맞는 작약을 보고 펼친 꽃잎이 접기 아까워 종일 비 를 맞는다고 노래했다. 모란은 햇빛 쨍쨍할 때 봐야 예쁘고, 작 약은 비올 때 봐야 예쁘다는 할머니 말이 그냥 한 말은 아닌가 보다.

작약작약 쏟아지는 빗소리를 그리워하다 문득 돌아가신 할 머니가 떠올랐다. 할머니는 고양이나 염소 혹은 개가 죽으면 땅에 묻고 꼭 그 위에 작약 뿌리를 심어 주었다. 뿌리에서 붉은 싹이 돋아 작약꽃이 피기까지 할머니가 고양이나 염소나 개 와 이야기를 나누는 것처럼 작약을 보살피며 하던 말들이 생 각난다. 나비야, 백구야, 염생아 하며 하던 말들…… 작약은 꽃 이 아닌 것만 같다. 고양이 같고 염소 같고 개 같고 사람 같다.

작약은 그 뿌리가 오래될수록, 큰 꽃송이를 가진다고 한다. 그러고 보니 고향 아버지의 텃밭엔 작약이 가득하였다. 친구 에게 작약을 선물하기 전까지는 나는 그것이 작약인 줄 몰랐 다. 작약이 쌍화차의 주원료라는 것도 처음 알았다. 시를 쓸 때 는 아는 것도 많아지고 모르는 것도 많아진다. 요즘엔 꽃이 그 러하다.

친구에게 선물해 놓고는 "몰랐는데, 작약이 예쁘더라. 노란

꽃만 좋아하는 줄 알았는데, 작약이 정말 예쁘더라." 감탄했더니, 남편이 작약 한 다발을 사 왔다. 지금, 이 글을 쓰는 책상 위에 코랄 빛 작약이 활짝 피어 있다. 세상에 꽃이 없다면 누가 사람의 얼굴을 기억해 줄까? 내 얼굴을 기억하려고 내가 쳐다볼 때마다 나를 뜯어보고 있다. 작약이란 시를 쓰고 싶다. 작약으로 들어가 볼까? 작약 뿌리가 되어 볼까? 작약이 부르는 나비가 되어 볼까?

꽃이 좋아지는 나이

능소화가 장맛비에 다 떨어져 있다. 장마가 올라오기 전부터 능소화 줄기가 얼마나 부지런히 꽃을 밀어 내는지 옆에서 보기만 하는데도 몸에 힘이 들어갔다. 나팔을 불듯이 꽃잎이 길어졌다가 약속한 소리를 내듯 하나둘 피어나는 꽃봉오리를 보았다. 매일 오가는 길목에서 꽃을 보는 일이 이렇게나 좋을 수 있다니.

얼마 전 낭독회 자리에서 김현 시인은 나이가 들어서 좋은 점은 꽃이 예쁘다는 걸 알게 된 거라고 했다. '어머나, 꽃을 좋아한다는 게 나이가 든 증거라니. 나는 꽃 안 좋아해야겠다.'라고 속말을 했다. '꽃 싫어하는 사람 없다는 말도 있고 어릴 때부터 지금까지 주욱 꽃을 좋아하는 사람도 있을 텐데……' 싶다가도 꽃 사진 찍어 보내는 친구들이 마흔 줄에 와서 느끼는 것만 봐도 일리 있는 말이다. 그런데 나는 갑자기 왜 꽃이 좋아졌을까? 궁금해서 물어봤다. "그런데, 왜 나이가 들면 꽃이 예뻐 보이는 걸까요?" 김현 시인도 이유는 잘 모르겠단다.

그러자 관객석에서 손을 번쩍 든다. '구나'라고 자신의 닉네임을 소개한 분이 말했다. "젊을 땐 꽃이 자기 안에 있으니까요." 우아, 어쩜 말도 꽃같이 하실까? 그러자 구나 님 앞에 앉은 이동우 시인이 거들고 나섰다. "젊은 시절에는 자기 안의 변화가 너무 스펙터클해서 밖을 볼 새가 없었는데, 나이가 들면 그 변화들이 잦아들고 바깥의 아름다움을 볼 수 있게 되는 것 같아요."

십 대부터 이십 대까지의 시절, 내 안의 스펙터클함을 떠올려 본다. 정말 환장할 정도로 스펙터클했지……. 날이면 날마다 키가 자라고 생머리인 줄 알고 컸는데 어느 날 친구가 나더러 곱슬머리라고 하고 입에 대지도 않던 고추와 생마늘을 스스로 집어 먹게 되는 놀라운 여정이었다. 오른쪽 뺨에 보조개가 있어서 밤마다 이불을 뒤집어쓰고 울었는데 텔레비전에서 보조개를 갖고 싶어서 수술하는 사람들이 있다는 걸 알게 된 뒤로는 보조개가 좋아졌던 변덕스러운 날들이 이어졌다. 롤러장도 가고 바닷가도 가고 술도 마시고 연애도 하고 외박도

했다. 엄마가 하지 말라는 짓만 하고 살았는데, 그런대로 자라 시인이 되었다. 그리고 어느 날부턴가 꽃이 좋아져 버렸다. 늙은 것이다. 이런 청천벽력이라니.

내 몸에서 나온 나밖에 모르던 아이도 이제 나와 멀어지려 한다. 사춘기인가 보다. 바르게 크길 바라지만 청년으로 가는 길목에서 아이는 불안해 보이기만 하다. '바르다.'라는 말은 "비뚤어지거나 굽은 데가 없이 곧거나 반듯하다."라는 뜻인데 어째서인지 이 장맛비엔 바른 것만 휩쓸려 간다. 굽은 것만이 멀쩡하다. 뾰족 지붕은 멀쩡한데, 반듯한 지붕에서 비가 샌다. 물을 흘려보내지 못하는 반듯함에 대해 오래오래 생각한다.

김현 시인이 낭독한 「급훈」이라는 시의 첫 구절은 대학이 모든 것보다 우선인가 의문을 품게 만드는 문장으로 시작한다. 대학 가서 연애하자 라니! 정말 그랬다. 교탁 앞에 서 있는 선생님의 머리 위로 걸린 급훈이 대개 대학 입시에 관련된 문장들이던 게 기억난다. 학급에서 교육 목표로 정한 덕목이라는데. 대학에 가긴 가야 하지만, 덕목 같진 않은데……. 시에서 선생님은 대학에 가지 않아도 연애할 수 있다고 사실대로 말해 주지 않은 것을 후회한다. 그러니 나도 아이에게 '말 잘 듣고 착하게 자라.' 라는 것보다 '마음껏 자라라.' 하고 살짝 아이에게서 멀어지는 게 좋을까? 아이가 너무 빨리 많은 걸 아는 것보다 마음껏 산 뒤에 진심으로 알게 되는 세계가 따로 있을 것만 같다.

김은지 시인에게 낭독회 때 이야길 들려줬더니, 나이 들면 꽃이 좋아진다는 말처럼 쓰는 말이 있다며 "나이가 들면 참외 맛을 안다."라는 말을 알려 주었다. 나는 여전히 참외보다 수박이 맛있긴 하지만, 어릴 때처럼 참외 맛을 모르진 않는다. 미각이 발달하여 밍밍하고 슴슴하던 참외가 확 달아지는 순간이 내게도 찾아온 것이다. 맛을 즐길 줄 알게 되었다고 할까? 점점 나이 든다는 게 좋아진다. "내가 텔레비전 퀴즈쇼에선가 들었는데 인간의 뇌는 중장년이 가장 뛰어나대." 김은지 시인은 꽃이 좋아지는 이유를 여기에서 찾고 싶다고 했다. 그 말을 들으니 더욱더 좋아진다. 찾아보니 정말이다. 여성 심리학자 셰리 윌리스가 실시한 연구에 따르면 인간의 뇌가 나이 들수록 인지 능력이 더 좋아진다고 한다. 그의 말대로라면 나는 중년이고 감각이 깨어 있으며 인식의 폭이 넓어 이해력이 높다. 이해하니까 누릴 수 있다. 더 마음껏 좋아할 수 있다. 꽃이 이렇게 예쁘다면, 다른 많은 사물은 얼마나 더 아름다워 보일까? 나이 드는 일이 기대된다.

선물하는 법

어린이날, 어버이날, 스승의 날……. 다들 5월을 챙기느라 여념이 없다. 나는 이 분주한 5월이 좋다. 생활에 치여서 잊고 살던 마음마다 이렇게 대대적으로 알람을 울려 주니, 사랑하는 마음, 감사하는 마음, 은혜로운 마음 모두 기지개를 켠다. 사랑이니 존경이니 쑥스러워서 하지 못했던 말들도 대놓고 할 수가 있다.

그런데 선물은 참으로 하기가 힘들다. 매년 하는 일이라 익숙할 만한데도 그렇다. 마음이 클수록 더 힘들다. 이 정도 선물로 될까? 너무 소박한가? 부담될까? 망설이다 보면 아예 그만두게 된다.

선물했다가 실망한 얼굴을 본 적도 있고 부담스럽다며 거절당한 적도 있다. 도대체 어떻게 하면 선물을 잘할 수 있을까? 사회복지사인 동생은 베푸는 일에는 일가견이 있는 것 같다. 그는 불필요한 물건을 받는 것도 주는 것도 싫어하는 유형이다.

동생은 선물할 일이 있으면 어김없이 뭐가 필요하냐고 직접 물어본다. 그 덕분에 나는 시집 출간 기념 선물로 서명본을 보낼 때 쓸 내 시집 30권을 동생에게 선물로 받기도 했다. 그런 동생의 5월은 얼마나 바쁠까? 아들 서진에게도 어김없이 문자가 온 모양이다.

"엄마, 이모가 저한테 어린이날 선물해 준대요. 근데 게임 머니는 안 된대요."

SNS의 쇼핑 플랫폼에서 받고 싶은 선물을 고르라고 했단다. 그런데 서진이는 요즘 게임 머니 말곤 받고 싶은 게 없어서 문제다.

"엄마, 저 뭐 받고 싶다고 해요?"

나는 고심 끝에 비싼 수제 비누를 골라 줬다.

"엄마가 갖고 싶은 거 말고 제가 갖고 싶은 걸 말하래요."

"그게 네가 갖고 싶던 거라고 해."

그러나 동생은 믿지 않았다. 착하고 순한 조카가 엄마 눈치 보느라 자기가 갖고 싶은 걸 말하지 못하는 거로 생각하는 것 같다.

"우아! 엄마, 이모가 비누도 사 주고 다른 것도 사 준대요. 또 뭐 갖고 싶다고 해요?"

"그래?? 그럼 같은 브랜드에서 나온 보디워시를 사 달라고 하자."

동생은 서진이에게 정말 보디워시가 갖고 싶은 게 맞냐고 거듭 물었다. 서진이는 자신이 샤워를 얼마나 좋아하며 그때 맡는 비누 향은 얼마나 달콤한지 설명했다.

"우와! 우와! 엄마, 이모가 비누도 사 주고 보디워시도 사 주고 하나 더 사 준대요."

며칠 전, 향기로운 수제 비누, 보디워시와 함께 아이가 갖기에는 조금 어른스러워 보이는 가죽 휴대폰 가방이 배달되었다. 직접 물어보면 이런 일을 당할 수 있다. 그런데 물어보지 않고 선물은 어떻게 하나?

선물 잘하는 사람들은 관찰력과 기억력이 좋다. 상대의 관심사는 무엇인지, 무엇을 좋아하고 무엇을 싫어하는지, 무엇 앞에서 오래 멈춰 서고 오래 망설였는지……. 그걸 알고 있는 사람은 좋은 선물을 할 가능성이 높다.

내게도 기억에 남는 선물이 하나 있다. 프랑스 사진작가 베르나르 포콩의 사진과 글이 실린 도록이다. 몇 년 전 일인데,

서울 삼청동 공근혜갤러리에서 포콩의 전시가 한창이던 때였다. 거길 정말 여러 번 갔었다.

전시장을 갈 때마다 도록을 살까 말까 망설였다. 집어 들었던 도록을 도로 내려놓길 반복했다. 그런데 내 생일엔가 딱 한번 전시를 같이 보러 갔던 친구가 그 도록을 선물로 준 것이다. 친구는 마치 내가 모서리를 접어 놓은 한 페이지를 펼쳐 본 사람처럼 말했다.

"너, 이거 갖고 싶어 했지?"

그때 알았다. '정말 갖고 싶어 했네…….' 선물을 받기 전까지 그저 조금 원했을 뿐이라고 생각했는데 그게 아니었다. 내가 모르는 내 마음을 친구가 안다는 게 감동스러워서 눈물이 날 뻔했다.

포항에서 어버이날을 보내고 서울로 올라가는데 엄마가 김치통을 내민다. 열무로 담근 물김치다.

"무겁게 뭐 하러 이런 걸 싸. 집에서 밥 먹을 일도 없구먼"

엄마가 애써 만든 걸 가져가기 귀찮은 마음이 드는 것도 죄스러워서 이런 상황이 마음에 들지 않는다.

"너 좋아하는 거야."

막상 김치통을 받아 드니 매일매일 열무가 자라는 텃밭으로 가 하루의 절반을 쓰고 돌아오는 엄마 모습이 눈에 선하다.

엄마가 물김치를 담그면 내가 좋아하는 여름이 성큼 다가와 있곤 했다.

이걸 안 가져왔으면 어쩔 뻔했나. 물김치에 없던 입맛이 돌아오고 잃었던 감각과 생기가 돌아온다. 내 몸에 녹음되었던 해변의 새소리, 파도 소리, 빗소리를 마구마구 꺼내 준다. 물김치 하나만 먹었을 뿐인데, 내 몸이 잠시 숲이 된 기분이다.

어떤 음식은 미묘한 화음을 주고 언어를 춤추게 한다. 물김치에 국수를 말아 국물을 크게 한입 들이켜니 아, 여름의 몸이 된 것만 같다. 싱그럽고 새파란 몸. 그러고 보니 선물은 잘하는 게 아니라 잘 받는 게 먼저란 생각이 든다.

우리 집 규칙

우리 집 냉장고에는 남편이 아이에게 시켜 적은 생활 규칙이 5년째 붙어 있다. 그중 문제 있는 문장은 첫 번째 문장이다.

"주는 대로 먹을 것"

히스테리적인 느낌이 다분하다. 집에 찾아온 손님들은 냉장고에 적힌 규칙에 폭소하거나 걱정한다. 그래도 취향이라는 게 있는데……. 보통 이런 경우 "편식하지 않는다." "음식 투정하지 않는다." 정도의 문장을 쓸 수 있을 것이다. 그런데 왜 남편은 굳이 저 문장을 써야만 했을까? 편식하지 않는 수준으로는 만족할 수 없는 모양이다. 그것은 음식 투정의 개념과도 달랐다. 자신의 메뉴 선택 및 요리 전반에 대해 전적인 수용력을 원하는 것이다. 그러니 식탁 앞에서는 차려진 음식 저변에

깔린 의미들을 언제나 유념해야 한다. 그러지 않으면 밥그릇을 빼앗길 수 있다. 살벌하다.

나도 한 번 밥그릇을 빼앗긴 적이 있다. 나쁜 의도는 없었다. 차려진 식탁을 보는데 그냥 헛웃음이 나왔다. 식탁 위에는 막 삶은 달걀과 카레덮밥, 수육국밥, 김치볶음밥 그리고 치즈와 상추가 있었다. 뭘 어떻게 먹으라는 건지……. 여기도 저기도 다 밥이네……. 카레덮밥을 잘 비벼서 수육국밥에 말아 먹으라는 건가……? 김치 대신 김치볶음밥을 반찬으로 떠먹고 가끔 치즈를 상추에 싸서 먹으면 되나……? 달걀은 까서 입가심으로?

"이 정체불명의 밥상은 뭐야?"

규칙 위반. 질문과 동시에 밥그릇을 빼앗기고 말았다. 감사한 마음으로 공손히 앉아 손 가는 대로 숟가락을 움직였으면 좋을 뻔했다. 하나씩 따로 놓고 보면 못 먹을 음식이 하나도 없는데 하나씩 음미하며 칭찬을 해 줬어도 모자랄 판에 심기를 건드리는 질문을 했으니 밥그릇 뺏겨도 쌌다.

결혼 초, 나는 요리를 열심히 했다. 매일같이 장을 보고 아이의 이유식과 새로운 저녁 메뉴를 고민했다. 연어 스테이크를 굽고 꽃게탕을 끓였고 치즈 케이크와 쿠키를 직접 굽기뿐인가 레몬청 담그는 것도 모자라 걸핏하면 박스째 사들인 계절 과일로 잼을 만들었다. 파주 사는 친한 언니가 배양한 유산균 생균을 얻어 매일 수제 요구르트를 만들어 먹기도 했다. 나열하고 보니 눈물겹다. 그렇게 열심히 한 것치곤 너무 좋은 소리 못 들었다.

결혼하자마자 임신했고 자연스레 경제 활동을 하지 못하게 되면서 집안일을 맡아서 하던 시기다. 그 시기는 내가 꿈꾸던 시기이기도 했다. 결혼에 대한 내 나름의 낭만이 있었는데, 결혼하면 누군가를 위해 요리하는 삶을 사는 것이었다. 영화 속 한 장면을 생각했던 것 같다. 현실은 좀 달랐다. 음식을 정성스레 준비해 준 사람에 대한 존중이 없는 경우가 허다했다. 그중 한 예를 들면 이런 거다.

"이런 걸 누가 먹는다고 해."

뭐라고? 네 옆에서 내가 이렇게 먹고 있잖아! 아우성치는 속을 겨우 다독여 넘겨야 했다. 지금 같으면 밥그릇을 빼앗기고도 남을 일이다.

어찌 됐든 이런 말들이 하루하루 쌓여 가던 어느 날 나는 요리를 그만두었다. 아예 주방을 남편에게 넘겨주었다. 그즈음 경제 활동을 시작하기도 했고 답답한 남편이 한두 번 나서다 보니 그렇게 되었다. 남편은 손놀림이 정말 빨랐다. 커다란 손으로 가뿐하게 들어 올린 솥이며 시원하게 치대 쌀을 씻는 솜

씨며 보통이 아니었다. 반찬 두세 가지쯤은 금방 만들었다. 반찬 만드는 데 반나절을 꼬박 쓰던 나와는 달랐다. 그러니 남편 밥을 얻어먹으려면 규칙을 잘 지키는 수밖에 없는 것이다.

'주는 대로 먹을 것'이라는 규칙이 못내 냉혹하다고 생각하면서도 5년째 지키고 있던 어느 날이었다.

"우리 집 규칙 1번을 다른 말로 하면 뭔 줄 알아?"

"뭔데?"

"오마카세."

오마카세 비싸서 한 번도 못 먹어 봤다고 투덜대지 말란다. 우리 집의 고급스러운 규칙 덕분에 매일같이 오마카세를 먹고 있었다니! 폭소를 터트리고 말았다.

오마카세는 일본어로 '타인에게 맡긴다.'라는 뜻이다. 한국어 사전에서는 주방장이 만드는 특선 일본 요리로 풀이되어 있다. 셰프에 대한 신뢰를 표현한 것이라고 한다.

봄이 오면 포항에 내려가곤 했다. 밥상엔 고기반찬은 없어도 열 가지가 넘는 쌈과 봄나물이 상 위에 가득하였다. 군침이 돌았다. 엄마가 해 주는 집밥. 나는 이제까지 엄마가 주는 대로 먹고 컸다. 남편은 아침 7시에 일어나 누룽지를 끓이고, 제육볶음을 하고, 딸기를 씻어 아이에게 준다. (여전히 음식 조합은 의아하지만······) 웬일인지 아이는 즐거운 아침을 먹고 아빠랑 함께 각자의 학교로 간다. 그런데 나는 나를 위해 잠이라는 '오마카세'에 취해 있으니, 누가 나를 깨워 줄 것인가?

너무 고급스러운 잠이다.

한 귀로 듣고 한 귀로 흘리기

물건을 잘 놓고 다닌다. 도서관 '작가의 방'에 노트북을 두고 왔다. 날씨가 화창해서 작업실에 가서 글을 쓰면 딱 좋을 텐데. 도서관을 들렀다가 가려니 글을 쓰기도 전에 진이 빠질 것 같았다. 남편에게 부탁해 볼까? 남편은 차도 있고 금방 다녀올 수 있을 것 같은데. 전화를 했다. 받지도 않고 끊어진다. 왠지 쎄한 이 느낌 익숙하다. 실수한 것 같다. 문자가 왔다. "교회."

교회에서 점심까지 먹고 온다고 하는데 나는 카톡 창에 노트북을 두고 와서 어쩌고저쩌고 떠들기 시작했다. 그때 정신을 차렸어야 하는데……. 얼마 지나지 않아 남편이 문을 벌컥 열고 집 안으로 들이쳤다. 노트북을 놓고 온 것도 너고 나도 내 일정이 있는데 왜 갑작스럽게 이런 걸 부탁하느냐는 것이었다. 나는 혹시나 되나 해서 물어본 것뿐이라고 당신이 안 된다고 하면 가기 싫어도 내가 가려 했다고 말했다.

"그렇게 떠보는 게 얼마나 나쁜 심보인지 알아? 떠보는 말은 천하에 쓸모없는 말이야!" 이병일 시인이 마저 화를 내고 나갔고, 나는 아들과 부대찌개를 먹었다. 내가 시무룩해 보였는지 아들이 말했다. "엄마, 한 귀로 듣고 한 귀로 흘려."

무슨 말이지? 서진이가 이런 말을 한 건 처음이다. "아빠가 쓴 청소년 시집을 읽어 봤는데, 거기 맨 뒷장에 보면 세상에 쓸모없는 것은 하나도 없다고 쓰여 있어. 그런데 지금 와서는 반대로 말해. 그러니까 한 귀로 듣고 한 귀로 흘려." 웃음이 터졌다. 아들이 자기가 쓴 책을 읽어 봤으면 좋겠다며 그렇게 권하더니 그게 자신의 발목을 잡을 줄은 몰랐을 것이다.

서진이가 아버지이기 이전에 한 명의 저자인 이병일 시인의 글을 근거 삼아 삶의 모순을 짚어 내는 이런 수준의 대화까지 이끌어 간다는 것이 놀라워서 웃음이 났다. 한 명의 인격체로서 더욱 존중해야지 싶다.

아들이 내 시를 읽는다는 걸 생각해 본다. 시인으로서 작가로서 독자에게 어떻게 다가갈 수 있을지 늘 생각하긴 하지만, 아들은 또 다르다. 아들에게 상처를 주지 않으려 노력하지만, 아들을 의식해서 할 말을 하지 못하는 사람이 되고 싶지는 않아 고민에 고민을 한다.

집에 돌아온 이병일 시인이 서진이 말을 전해 듣고는 아들 무서워서 말도 함부로 못 하겠다며 한바탕 웃었다. 아이가 선생이라더니 아이의 말이 글을 쓰고 사는 우리 부부에게 언행일치에 대해 생각해 보는 기회가 되었다.

싸운 건 싸운 거고, 나는 이병일 시인의 말에 설득되었다. 요지는 어떤 질문은 때로 거절하기 어렵다는 것이다. 그는 거절하기 힘들었던 여러 가지 예를 들며 나를 설득했다. 나도 거절하는 데 힘들었던 일이 많았다. 그러고 보니 정말 그렇다. 나는 보통 제안하지 않으면 아무 일도 안 일어난다고 생각하는 편이고 선택은 상대방에게 달려 있다고 믿었다.

독자를 직접 만나는 자리를 좋아하는 나의 성격 때문에 나와 같은 '켬' 동인이자 절친한 친구인 주민현 시인은 한 달에 약 10회 정도 "모임에 올 수 있냐?"는 제안을 받아 왔다. 시인으로 활동하며 직장 생활도 하느라 바쁜 주민현 시인은 내가 부를 때마다 선뜻 나타나 주었기에 나는 민현 시인을 더 많이 부르고 제일 먼저 불렀다.

술을 한잔하며 넌지시 이병일 시인의 거절론에 대해 말해 줬더니 "언니는 진짜 너무 많이 불러……." 하며 슬며시 고백하는 게 아닌가! 그동안 와 준 것이 고마워지면서도 앞으로는 부르기보다 민현이가 필요한 자리에 내가 먼저 찾아가야겠다고 마음먹었다. 이후로 나는 아주 작은 제안에도 한 번씩 이게 꼭 필요한 제안인가 생각해 보는 일이 늘어났다. 내제안을 상대가 정말 편하게 거절할 수 있는가도 한 번 짚어본다.

한편, 나는 어려운 사람이 나에게 거절하기 힘든 제안을 할 때도 단단하고 굳은 마음으로 "그건 좀 힘든데요." 하고 말하고 싶기도 하다. 자신의 거절력을 높인다면, 아내에게 제안하라 말라 할 필요는 없을 텐데…….

나와 친한 김은지 시인은 거절의 어려움을 이겨 내고 곧잘 사양하곤 한다. 예를 들어 내가 술을 좀 마시자고 한다든가, 부다페스트 레지던스를 같이 신청하자고 한다든가 하면 요령껏 잘도 거절한다. 처음에 섭섭했지만, 헛된 기대를 품게 하지 않아서 좋다.

저마다 언행일치를 하려 하고 잘 제안하고 거절하려고 노력하고 있다. 하지만 마음이 상하고 이해하기 어려울 때도 생기기 마련이다. 서진이 말을 생각한다. "한 귀로 듣고 한 귀로 흘려." 한 귀로 듣고 한 귀로 흘린다고 늘 혼만 났는데

이 작은 꼼수가 서로 입장이 상충할 때 작은 틈을 만들어 줄 수 있지 않을까?

× 그냥 좋음과 구체적 좋음

동네 책방에서 시 모임이 끝나고 집으로 돌아가는 차 안에서 H 님이 물었다. "그런데 그냥 좋은 게 정말 좋은 거 아닌가요?" H 님은 좋은 데 이유를 가져다 붙이는 순간 마음이 이상해진다고 했다. 고개가 끄덕여졌다.

이러저러한 이유로 좋다고 말하는 순간 순수하게 좋았던 마음이 얼마간 손상되기도 할 것이다. 그렇지만 그냥 좋은 건 너무 싱겁지 않은가? 나는 뜸을 들이다 고백했다. "저는 그냥 좋다고 말하는 사람에겐 서운함을 느껴요." 조금 다른 마음도 있다는 걸 알고는 H 님이 놀란 표정을 지었다. 나도 '그냥 좋다.'라는 말을 더없이 소중히 여기는 사람이 있다는 사실에 놀란 참이었다.

비슷하게 다정한 사람들 마음속에 이렇게나 다른 심리 기제가 작용하고 있는데도 서로 마음을 살피며 함께 시를 읽었다는 사실이 새삼 감동스러웠다. 다름을 이야기하는 것은 언제나 즐거운 일이어서 나는 계속 말했다.

"저는 이유 없이 좋았지만 대답해 주고 싶어서 이유를 소급 적용하는 사람의 모습에서 성의를 느끼거든요. 열심히 자기 마음을 뒤적이다가 찾고 있던 이유를 발견하게 되는 과정 자체가 설레기도 하고요."

좋음에 대해 이야기하는 내내 수원에 있는 갤러리 소현문을 생각했다. 소현문에서는 유현아 시인의 시집 『슬픔은 겨우 손톱만큼의 조각』의 표지 그림을 그린 김민주 작가가 참여한 전시 '수요일 수요일'이 열리고 있다. 바로 그곳에서 그의 그림에 사로잡혔던 한 시인의 낭독회를 한 것이다. 낭독회 좋은 줄은 진작 알았지만 이 낭독회는 특히나 좋았다. 누군가 내게 왜냐고 묻는다면, 나도 H 님처럼 "그냥"이라고 말하고 싶을 것 같다.

하지만 나는 역시나 입이 근질거리는 타입이라 말하겠다. 소현문에서 있었던 낭독회가 특히 좋았던 이유는 '구체적 좋음'을 이야기하는 관객으로 가득해서였다. 시인이 시를 낭독하고 시에 얽힌 이야기를 풀어내는 동안 여기저기서 작게 감탄이 터졌다.

낭독회가 끝나 갈 즈음, 우리는 동그랗게 둘러앉아 각자가 느낀 좋음에 대해서 말하기 시작했다. 관객 중에는 미술 작업을 하는 사람이 특히 많았다. 작업하다가 왔다는 한 사람은 낭독회가 처음인데 다시 작업할 힘을 얻었다고 했다.

한 시간이 넘는 낭독회를 어떻게 견딜까 싶었는데 시간이 금방 지났다며 놀라워하는 사람, 시 속에 나온 조각 땅을 팔지 않는 조각가 이야기에 마음을 쓰는 사람, 그림들이 함께 시를 듣고 있는 듯했다는 사람, 시를 들으러 왔는데 김아라 작가의 단청 작품에 반했다는 사람……

다들 각자만의 이유로 '좋음'을 이야기한 시간이 벌써 그리워진다. 이런 내 마음까지도 전시 기획자의 계획에 포함된 건 아닐까? 그림과 그림이 만나고 다시 시와 그림이 만나는 시간 속에서 서로가 서로의 영감이 되었기를 바랐다.

아침저녁으로 공기가 바뀌고 있다. 몸보다 마음이 먼저 가을을 마중 나가고 있던 걸까? 가을이 그냥 좋다. 사과나무에 달린 사과들이 익어 가고 있으니까 좋다. 사과를 깎으면 '즐거운 노래'가 나온다고 믿는 시가 눈에 들어와서 좋다. 가을 찬바람이 사랑하는 이의 어깨에 묻어오는 순간이 있어 좋다.

'좋음'에 대해서라면 나는 여전히 구체적으로 말하고 싶다.

죽어서 입만 동동 뜬다고 해도 좋다. '좋음'이 사과나무에 달린 사과 알처럼 풍성해진다. 사랑하는 사람에게 이런 질문한 적 있는 사람? "내가 좋은 이유 열 가지 말해 줄 수 있나요?"

×

포란(抱卵)의 계절

그저 예뻐서 마음에 품는 단어가 있다면 '포란(抱卵)'이다. 동물이 알을 품는 행위를 뜻하지만, 나는 이 단어를 봄과 나란히 둔다. 땅도 포란을 한다. 날이 따뜻해져서 얼음이 녹는 게 아니라 땅이 얼음을 알처럼 품은 시간 때문이리라. 봄이 오면 냉이부터 캐던 할머니는 땅 밑에서 봄이 온다고 했다. 바야흐로 생명이 서로를 품게 하는 계절이라, 바람은 바람끼리 품고, 나무는 나무끼리 품는다. 개구리는 개구리를, 사람은 사람을 품는다.

얼마 전 '듀엣 낭독회'에서 만난 고명재 시인이 떠오른다. 낭독을 듣다가 그렇게 울어 본 적이 없었는데, 나뿐만 아니라 함께 듣던 많은 사람이 울었다. 마지막으로 산문을 낭독했을 때는 그 숱한 『슬픔의 방문』에도 울지 않던 장일호 작가가 두 손에 얼굴을 파묻고 울었다. 사람이 사람을 품었다고밖에 할 수 없는 장면이었다. 그리고 그 장면이 나를 다시 울렸다. 그 자리에 모인 우리가 함께 울 수 있다는 게 좋았다. 내 안의 깊숙한 응달 속에 남아 있던 눈덩이가 따스하게 녹아내리는 기분이었다.

고명재 시인의 「뜸」이란 시 안에서 오래 머물렀다. 절에서 자란 적이 있다는 시인의 내력을 알아서일까? 낭독을 듣는 내내 '애틋한 마음'과 병치된 '버리는 마음'이 명치끝에 얹혔다. 낭독이 끝나자 시인은 순한 강아지같이 처진 눈매와 눈썹을 하고는 시에 얽힌 이야기를 풀었다. "어머니가 한 번도 졸업식에 온 적이 없었어요. 그런데 고등학교 졸업식쯤이 되니까, 한 번은 오시면 좋겠다는 생각이 들더라고요. 그래도 기대를 안 했어요. 졸업식 날이 되었는데, 멀리서 한 여자분이 안개꽃 다발을 들고 제 쪽으로 걸어오시더라고요. 어머니였어요." 그때 시인의 어머니가 안개꽃만 가득한 꽃다발을 내밀며 한 말이 바로 "가장 많은 수의 꽃송이를 주고 싶었다."라는 것이다. 이게 포란이 아니면 무엇일까? 이렇게 시인의 목소리가 다시 한번 껴안은 시는 사람을 울게 한다. 나는 다시 품어 주고 싶을 만큼 소중한 문장을 읽고 또 읽는다.

곧 새 학기가 시작되는 때, 페이스북에서는 지난 추억을 꺼내서 보여 준다. 사진 속 여덟 살 아이는 새로 산 가방을 메고 함박웃음을 짓고 있다. 저 가방 속에 잘 깎은 연필과 지우개가 든 플라스틱 필통, 꼼꼼히 이름을 써넣은 공책이며 물통을 챙겨 넣었겠지? 아이 손을 잡고 처음 학교까지 걸어가던 길이 생각난다. 아이와 나는 설렘과 두려움이 묻어 있는 길을 걸어 다다른 교문 앞에서 서로의 품을 벗어날 용기를 모으느라 더 꼭 끌어안았다. 한참을 품었다 바라본 아이는 울고 있었다. 아이의 눈물을 보자 나도 눈물이 났다. 꽁꽁 언 마음이 풀어지던 교문 앞의 포란이다.

감회에 젖어 아이의 방을 둘러보는데, 5년 동안 멘 가방이 낡아 있었다. 가죽 손잡이가 바스러질 것만 같다. 품었던 마음이 바스러지면 안 되는데, 누군가에게 관심을 둔다는 것, 누군가에게 매일 전화를 넣는다는 것, 사소하지만 가장 중요한 일이 아니겠는가? 저녁노을 속으로 날아가는 새 떼를 궁금해하고, 큰비라도 내리면 저것들은 어디에서 비를 피할까? 새로 지은 거미집은 잘 있을까? 봄이라서 별걸 다 품어 본다. 이 글을 쓰는 지금은 시드니에 와 있다. 캥거루는 이미 계절을 품고 바람을 품고 나를 품을 태세다. 나는 뜬금없이 봄에서 여름으로 건너와 더위를 품고 있다.

사랑하는 마음

　나는 살면서 가벼운 감기를 수도 없이 옮겼고 내게는 가벼웠지만 친구에게 옮겨져서는 심각해진 경우도 많이 봐 왔다. 내가 견딜 만한 감기가 아이에게 옮겨졌을 때는 아이가 견디기 힘든 것이 되곤 했다. 사랑하는 아이를 만질 때마다 죄책감에 시달렸다. "나 때문에 아프면 어쩌지?" 그런 생각은 오로지 대상에 대한 애정이 만들어 내는 것이다. 사람이 사람을 사랑하면 참는 게 많아진다.

　임신했을 때 나는 매우 조심스러웠다. 먹는 것부터 입는 것, 자는 것까지 다 조심조심했다. 담배 냄새가 끔찍하게 싫어지고 그 좋아하던 커피도 마시지 않았다. 어울리지도 않게 뜨개질을 시작하고 맛없어서 버리던 것들을 몸에 좋다고 꾸역꾸

역 먹었다. 나는 그런 조심스러운 삶을 살아 봤다. 그게 어떤 건지 알아서 그 마음으로 전염병이 도는 시절을 잘 살아 냈다. 하지만 모두 자신의 욕망과 욕구를 잘 참을 수 있는 것은 아니다. 사람들이 지닌 욕망들은 너무나 인간적인 것이었다. 그것은 질타 받을수록 더욱더 인간적인 것이다. 그러니 참고 있는 것들에 더해 하나 더 참을 수 있다면 비난하는 것을 참아야지 생각했다. 비난이 우리를 병들게 할 것이므로 비난하고 싶을 땐 내 손을 한 번 더 씻어야지 마음먹었다. 내가 여전히 사람을 사랑할 수 있는 사람이라서 다행이다.

코로나 시기에는 나처럼 시를 쓰는 남편이 있어서 하루 종일 집에만 있어도 하고 싶은 이야기를 다 할 수가 있었다. 남편과 이야기하다 보면 문단 모임에 나온 것 같은 착각이 들 정도였다. 한 번은 남편이 어젯밤에 쓴 거라며 초고를 보여 줬는데 엄청 까 줬다. 엄청 못 썼기에 엄청 못 썼다고 이야기했다. 심지어 촌스럽다고까지 덧붙였는데 화도 안 내고 받아들였다. 코로나 시대의 너그러움에 새삼 놀랐다. 나는 보복이 두려워서 내 시는 절대 안 보여 줘야지 했던 게 기억난다.

그럼에도 불구하고 내게는 보고 싶은 사람이 많았다. 그래도 보고 싶은 사람들을 사랑하기 때문에 멀리 두었다. 코로나 시대가 내게 가르쳐 준 것은 멀리 떨어져서 사랑하는 법이다.

멀리 떨어지는 것이 내가 그들을 아끼는 방법일 수 있다는 걸 진작 알았다면 좋았을 것이다. 나는 좋으면 무조건 졸졸 따라다니는 사람이었는데 그럴수록 내가 좋아하는 것들은 나로부터 멀어져 갔다. 조용하고 소란하지 않은 날들이 내게 알려 주는 삶의 기치들을 아주 잘 배워 둘 생각이다. 그리고 오래오래 사람을 사랑하려고 한다.

최근 서너 달 동안 나는 가장 많이 읽고 쓴 것 같다. 그러면서 더욱 사랑에 충만해진 듯하다. 책 속의 이야기들은 가장 먼 곳에서부터 오지만 가장 친밀하다. 어느새 친밀해진 사람의 이야기를 기억하고 싶어 일기장을 펼치고 내게 위로가 되어 준 몇 문장을 내 하루 사이에 끼워 넣어 본다. 하루가 가만히 따뜻해지고 내가 읽은 문장들 때문에 나는 오늘도 한 번 본 적 없는 사람을 사랑하고 만다. 나의 사랑은 언제든지 배반당할 수 있지만 배반당하며 살고 싶다.

×

교복에 담긴 마음

아이 교복 맞추러 가는 날이었다. 교복 맞추는 날이 남학생
은 토요일, 여학생은 일요일로 딱 하루씩 지정되어 있어 서둘
러 마을버스를 탔다. 작은 간판 하나가 이층으로 우리를 이끌
었다. 먼저 온 사람들이 계단 통로에 줄을 서서 차례를 기다
리고 있었다. 예전에는 교복비가 부담스러워 졸업하는 선배
에게 교복을 물려받기도 했는데, 요즘은 각 지자체 교육청에
신청하기만 하면 입학 준비금을 교복으로 지원해 준다. 이런
저런 부담과 걱정을 앞세우지 않고 오롯하게 축하해 줄 수 있
는 형편이라는 게 말처럼 쉽지 않은데 작게나마 부담을 덜어
주는 정책이다.

부모들은 아이가 입은 교복을 이리저리 살펴보며 감회에

빠져드는지 저마다의 눈빛으로 애틋해진다. 그걸 지켜보는 나도 가슴이 일렁이는 걸 가라앉히느라 혼났다. 생각보다 오래 기다리지 않아 우리 차례가 됐다. 재단사가 치수에 맞게 꺼내 준 교복으로 갈아입고 나온 아이가 왜 이렇게 엉성해 보일까?

"좀 큰 것 같은데 괜찮나요?"

재단사는 미래를 내다본 듯 확신에 차서 말했다.

"지금은 그렇게 보이지만, 금방 작아져요. 무섭게 자랍니다."

무섭게 자란다는 말이 정말 무섭게 들렸다. 하지만 맞춤복인데…… 뭘 맞춘 걸까? 줄자를 들고 아이의 어깨너비부터 허리둘레, 다리 길이까지 세심하게 치수를 잰 사람이 하는 말치고는 앞뒤가 맞지 않아 웃음이 났다. 다른 아이들도 자기 몸보다 큰 교복을 입고 있었는데, 어떤 아이는 교복이 너무 커서 얼굴이 보이지도 않을 정도였다.

재단사가 앞으로 커 나갈 키와 몸무게까지 내다보면서 셔츠와 바지와 재킷을 꺼내 준 것일까? 그러니까 지금의 치수가 아니라 미래의 치수를 잰 거라면 우리 아이가 입고 있는 건 너무 작은 게 아닌가 싶기도 했다. 그래, 앞으로 또 얼마나 더 자랄까? 미래의 치수 앞에서 흐르는 시간이 야속하기만

하다. 아이와 함께 쌓고 싶은 추억이 많았는데 몸과 마음이 바쁘기만 했다. 나는 교복을 입고 선 아이 앞에서 어리벙벙하기만 하다. 그 옆에서 초등학교 1학년 때부터 6학년 마지막 날까지 등굣길을 함께한 남편은 흐뭇하게 웃고 있다.

교복을 가지고 집에 와서 다시 입혀 보았다. 소매가 길지만 그래도 어른스러워 보였다. 사진을 찍어 가까운 이들 몇 명에게 보냈더니 덕담이 쏟아진다. 김은지 시인은 교복이 주는 감흥이 특별했던 모양이다. 입학 축하한다고 용돈을 보내 주었는데 아이에게 엄마 생일 선물 살 때 보태라며 돈 쓰는 요령까지 전해 줬다. 고마운 마음으로 따뜻하게 데워지는 중인데 엄마에게 전화가 왔다.

"애가 교복을 입은 게 아니라 포대를 뒤집어쓴 것 같아. 너무 커서 어쩐다니?"

"그렇게 입어야 한대. 진짜 금방 큰대! 이제 자랄 일밖에 없어."

"그래도 그렇지, 희망이 너무 과해!"

웃음이 터졌다. 과하긴 과하다 싶으면서도 과한 나의 희망이 마음에 들었다.

"분명히 한 계절에 10센티미터씩 클 거야."

남편은 교복 바지와 셔츠를 다리미로 반듯하게 다려 놓았다. 우리 아이가 저 교복을 입고 청소년기를 지난다고 생각하니 코끝이 시큰해졌다. 교복 한 벌에 마음을 담고 담다 보니 부적을 쓴 듯 든든해진다. 문득 이시영 시인의 「차부에서」라는 시가 떠오른다. 매표원에게 야단맞고 있는 아들이 안쓰러워 역성을 들 만도 한데, 말없이 다가와 곰같이 큰 손으로 아들의 어깨만을 가만히 짚어 주는 아버지의 모습이 인상적인 시다.

등 뒤에 있어도 위로가 되고 위안이 되는 일은 얼마나 크고 눈부신 일인가? 묵묵하게 지켜보고 싶다. 마음이 왈칵 쏟아지더라도 가만히 아이의 어깨를 짚어 주는 곰같은 큰 손이고 싶다.

×

11월의 바깥

하루 종일 『은지와 소연』의 교정을 봤다. 『은지와 소연』은 김은지 시인과 나의 우정 시집이다. 서로의 시를 마음껏 좋아하는 것만으로는 부족해서 이렇게 시집까지 내게 되다니, 종이에 가지런히 얹힌 시들을 받아 든 감회가 새로웠다. 우리는 기왕에 교정도 같이 봤다.

"내 꺼 한 편 니 꺼 한 편 읽고 또 내 꺼 한 편 니 꺼 한 편 읽는 방식으로 교정보자. 어때?"

"좋아!"

둘이 하는 낭독회가 있다면 이런 모습이 아닐까? 은지가 쓴 시를 읽어 주는데 「니」라는 첫 시에서부터 웃음이 났다. 좀 전까지도 '네'를 제대로 발음하지 못했는데, 그에 대한 변명처럼

「니」라는 시가 놓여 있었기 때문이다. 우린 둘 다 경상도에서 태어났고, '니가'는 '네가'로 써야 한다는 걸 학교에서 배운 적 있다. 시 속의 구절처럼 살면서 한 번도 '네가'를 발음해 낸 적 없지만, 세상엔 발음해 낸 적 없는 '네'가 존재한다. 우리의 우정도 그렇게 존재하는 거라면 좋겠다. 확정 지을 순 없지만, 확신의 상태로 존재할 수 있다면 좋겠다.

인디언 달력에 의하면 11월은 '모두 다 사라진 것은 아닌 달'이라고 한다. 11월에 아직 사라지지 않은 것이 있다는 믿음. 나는 그 말을 힘껏 믿고 싶게 만드는 문장 앞에서 오래도록 우정에 대해 생각했다. 자주 만나지 못하는 친구들이 아무리 외로운 심사가 된다고 해도 '모두 다 사라진 것은 아닌' 것을 기억하며 11월을 보내고 있기를 바랐다. 그러면 늦게라도 도착하는 마음이 있을 것이다.

가로수가 잘리고 있었다. 가만히 보니, 올해 자란 새 몸만 잘린다. 나무들이 헌 몸을 버리고 새 몸으로 사는 줄 알았더니, 그게 아닌 모양이다. 나무들도 동면을 채비하는 11월이라 두꺼운 살갗을 가진 것들이 동면에 들기 좋은 걸까? 헌 가지의 그림자가 두껍다. 그래도 이렇게 추운 날, 뜨게 옷 입히기를 한다면 모를까, 가지를 잃어도 되는 건지 걱정되었다. 집으로 돌아와서 가지치기 방법을 찾아봤다. 무리한 가지치기로 활력을 잃은 나무는 회복을 위해, 나무가 절단된 자리에서 새로 나온 가지를 주 가지만 남기고 제거한다고 한다. 그러면 오늘 본 나무들이 잘 회복되어 내년 봄엔 싱싱한 연둣빛 잎을 밀어 올리는 상상을 해도 될까?

갑자기 추워진 날씨 속에서 함께 걷는 친구의 입김이 보인다. 친구는 두꺼운 외투를 껴입고 목도리에 장갑까지 꼈는데도 춥다고 했다. 나도 머리카락이 쭈뼛쭈뼛 섰다. 기온이 점점 내려가도 나무는 가릴 것이 없어 모든 것이 환해지지만, 사람은 얼굴 빼고 모든 것을 가리고 싶어 하는 것 같다. 그러니까 따뜻하고 싶어서 따뜻한 안쪽이 되려는 것 같다. 그런데 바깥이 없으면 어떻게 안쪽이 될까? 우리의 심장을 감싼 바깥이 너무나 소중해지는 겨울이다.

친구들과 2023년 8월에 문을 연 작업실 '미아 해변'에서는 11월 동안 만화가 정원의 책상 전시가 열렸다. 오프닝 파티 때 읽은 김현 시인의 글 때문에 거기 모인 모두 울었다. 얼마 전 무지개다리를 건너간 '크림이' 이야기만 나오면 눈물이 난다는 정원 작가는 김현 시인의 편지에서 정말 '크림이'가 나올 때마다 울었다. 빈자리가 느껴질 때마다 그 자리를 눈물로라도 채우고 싶어 하는 마음이 느껴져 나도 그만 울어 버리고 말았다. 우리가 서로의 마음을 헤아리며 우는 동안 난로 위에서는 귤 6개가 구워지고 있었다. 귤을 구우면 당도가 높아진다는 데, 서로의 바깥이 되려고 모인 사람들이 귤처럼 따뜻해지고 있었다. '크림이'라고 이름 붙인 선인장 화분이 책상 아래에 엎드려 있고, 안경에 김이 서린 채로 울고 웃느라 자꾸만 길어지는 11월의 밤이었다.

3부

시가 이렇게
힘이 세다니

한 번 말고 여러 번

농부 친구에게서 문자가 와 있다.

"이비에스에 출연하는/소연아, 절대로 떨지 말고이/연중행사처럼 담담하게 『고라니라니』도 홍보 잘 혀이. ㅋㅋㅋ"

또 삼행시다. 삼행시에서도 사투리라니 피식 웃음이 난다. 나름 두 운을 맞추느라 애를 썼을 것이다. 고창에 사는 농부 친구랑은 자주 만나지도 못하는데 함께 책을 쓰는 1년 사이 징그럽게 친해져 버렸다. 글을 나눈다는 건 마음의 가장 안쪽을 나누는 일이어서 사람과 사람 사이의 거리를 좁힌다. 더구나 '이'와 '소'와 '연'으로 시작하는 낱말을 가장 많이 알고 있는 사람과 친해지지 않기란 힘들지 않겠는가? 삼행시도 그렇지만 농부 친구는 한 번에 그치는 일이 없다. 한 번이면 아무것도 아닐 일이 여러 번이 되면 차곡차곡 쌓이고 그러다 보면 뭔가를 만들어 내기도 한다.

어느 날 농부 친구가 손 위에 쌀을 올린 사진을 보내 왔다. 다음 날엔 가재를 다음날엔 도마뱀을, 청개구리를, 냉이를, 밤을, 산딸기를, 복분자를, 매미를, 논병아리를, 우렁이를, 참새를, 새집을, 첫눈을, 오이를 끝도 없이 손 위에 올려놓았다. 그의 손 위에 올려진 모든 것은 전생에서나 본 것 같은 그리움과 반가움을 느끼게 했다. 나는 어느새 도시 생활에 젖어 있었고 이 세계를 구성하는 그런 작고 귀한 것들과 멀어져 있었다. 농부 친구가 손 위에 무엇인가를 올려놓는 건 시를 쓰는 것과도 같았다. 무엇을 손 위에 올려 시인 동생에게 감동을 전할 것인가? 그는 생각하고 또 고민했을 것이다. 그러다 종국에는 고라니까지 손 위에 올리게 되었을 테지. 나는 그제야 그간 그와 주고받은 사진과 글을 모아 책을 내야겠다고 생각할 수 있었다. 고라니의 순한 눈망울과 그에 대해 우리가 나누던 대화가 너무 소중했기 때문이다. 이것이 오로지 나만의 감각은 아닐 것 같았다. 다들 이런 것에 갈증을 느끼고 있지 않을까?

등단도 하지 않고 발표할 지면도 없는데 오로지 새로 사귄 친구에게 보여 주기 위해 시를 쓰고 사진을 찍어 보내는 농부 친구의 꾸준함이 놀랍다. 보여 주고 싶은 게 많은 사람은 가진

게 많은 사람이다. 그런 그가 이젠 더 잘 배워 온전한 글을 사람들에게 읽히고 싶다고 한다. 내게 물귀신 작전으로 배워서 두 번째 책도 쓸 수 있으면 좋겠다고 한다. 잘 배웠다는 말을 듣고 싶다고 한다. '배운다.'라는 말이 새삼스레 아름답고 뭉클하다. 배우는 일도 한 번 말고 여러 번.

"울 할매가 막둥이는 늦공부 터진다고 행응게."

"아직도 늦공부 터지는 기한이 안 지났다니!"

누가 먼저랄 것도 없이 푸하하하 웃음이 터졌다.

×

되어질 수밖에 없는 우리

문학 교류 행사를 겸한 여행으로 베트남에 다녀왔다. 나는 웬일인지 평소 같지 않게 쑥스러움을 탔다. 작품으로만 알고 있던 작가들을 이렇게 한꺼번에 만나니 사교성 좋은 나도 조심스러워졌다. 친해지고 싶은 생각으로 뱉은 말이 오히려 관계를 훼손하게 될까 걱정이 앞섰다. 조금은 서먹하고 어색한 일행 사이에 익천문화재단 로고가 그려진 깃발을 들고 섰다. 신기하게도 깃발을 들고 있다는 이유로 사람들은 내게 말을 걸어 주었다. '깃발이 이런 것이라고? 좋네?' 이런 걸 보면 사교성이 발휘되기 위한 조건이 따로 존재하는 게 분명하다.

사람들이 깃발 아래로 천천히 모였다가 흩어지기를 반복하는 여행길이 어딘지 모르게 아름다웠다. 나부끼는 깃발 밑에서 나는 깨달았다. 큰 소리 한 번 내지 않고 여기저기 흩어진 일행을 하나로 모으는 저 고요한 힘을. 유치환 시인의 '소리 없는 아우성'이란 시구가 절로 떠올랐다.

이동 중인 버스의 앞좌석에서 마이크를 잡은 가이드가 말했다.

"이제 곧 우리는 도착되어질 것입니다. 그러면 여러분이 조금이라도 편하게 내리시게 되어지도록 선착장 앞에 세워지게 되어집니다. 그렇게 배에 타게 되어지며는 6시 30분부터 준비된 식사를 하시게 되어지게 될 것인데, 그 배로 사이공강을 유람하니, 식사를 다 마치게 되어지더라도 배에서 내리시지 않게 되어지는 것이죠."

모든 게 되어진다니 좋긴 한데 듣는 내내 교정 욕망이 고개를 들었다. 직업병이다. 차에서 내렸을 때, 은유 작가가 어색함을 깨뜨리며 물었다.

"근데, 가이드가 수동형 문장을 너무 많이 쓰지 않나요?"

"맞게 되어지겠습니다."

우리는 동시에 웃음이 터졌다. 직업적인 동질감이 드는 것과 동시에 베스트셀러 작가와 함께 웃을 수 있게 해 준 가이드가 새삼 고마웠다. 인위적으로 서로 거리를 좁혀야 하는 단체 여행길이 팬심에 방해가 될까 걱정했는데, 그런 우려를 말끔히 씻어 주는 에피소드를 선물해 준 것이다. 나는 그날 밤 노트에 "우리만 아는 추억이 생겼다."라는 문장으로 시작하는 일기를 썼다. 우리는 가이드의 말투에 서서히 빠져들었다. 급기야 수동형 표현을 기다리게 되는 지경에 이르렀다. 이제 가이드의 언어적 습관은 우리에게 오직 즐거움을 증폭시키는 장치일 뿐이었다. 단연 이 여행 최고의 에피소드다. 적어도 내가 아는 한 이 에피소드에 웃음을 터트리지 않은 사람은 없었다.

가이드는 자상하고 친절했으며, 자기 일에 최선을 다했다. 베트남에 대한 애정을 담아 베트남의 역사와 문화에 대한 지식을 깊이 있게 공유했다. 저렇게 좋은 분이라면, '되어진다.'를 쓸 수밖에 없을 것이라고 생각했다. 상대를 존중하려는 마음이 과한 언어적 표현으로 나타난 것이라는 나름의 결론에 이르자 극진하게 대접받은 그간의 여행 일정이 하나하나 떠오르며 마음이 따뜻해졌다.

간혹 '되어졌다.' 없이 너무 정확한 문장을 구사하면 가슴이 철렁했다. 그럴 때면 은유 작가와 눈이 마주쳤다. "누가 말한 건 아니겠죠?" "그러게요. 이제 더 이상 되어지지 않고 있어요." 우리는 누군가 가이드의 이중 수동을 지적한 것이 아닐지 추측하며, 마음이 복잡해졌다.

그때였다.

"베트남에서는 구정에 친척들이 모이게 되어져 있는데 저희 집엔 70명이 모이게 되어집니다."

안도의 웃음이 터졌다.

"여러분, 이런 이야기 좋아하시는군요?"

가이드는 '되어졌다.' 때문에 웃음을 터트린 우리를 오해했다. 베트남 역사 이야기보다 사적인 이야기를 재미있어 한다고 생각한 가이드는 자신의 첫사랑 이야기까지 나아갔고 우리는 되어지고 있었다. 새봄을 맞으며 다 잘되어지길 바라는 복된 마음이 가득해지는 버스 안이었다.

×

희망은 있다

가을은 단풍이 아닌 비를 먼저 데려왔다. 비가 가을을 데려
온 것인지도 모른다. 태풍과 집중호우 속에서 포항에 있는 부
모님 댁도 수해를 입었다.

"엄마, 어떡해?"

"뭐가 어떡하긴 어떡해?"

상가에 물이 찼다가 빠졌고 청소하는 중이라고 했다.

"밭은?"

"조졌어."

엄마는 이미 일어난 일에 대해 상심하거나 비탄에 빠지는
일을 최대한 자제하고 있는 것 같았다. 억울해하기보다는 잘
못을 인정하고 받아들이며 욕심은 덜어 낸 목소리다. 기후 변

화의 시대를 만들어 낸 건 이 시대를 살아가고 있는 인간이고 그 인간 속에 자신이 속해 있다는 것을 누구보다 잘 알고 있다는 듯 아무것도 원망하지 않는다고 했다.

'2022 서울국제작가축제'에 참여한 생태작가 최성각은 페름기(고생대의 6기(紀) 중 마지막 기) 말에 일어난 대멸종을 언급하면서 "다음 멸종은 '호모 사피엔스'의 특성인 제어 불능의 욕망과 무책임으로 인한 것"이라고 경고했다. 또 "나무가 하늘로 더 솟구치기 위해 오랜 세월에 걸쳐 리그닌(Lignin)이라는 분자를 개발했듯, 인간의 욕망은 발전이나 '끝없는 성장'으로 정당화되고 있다."라며 "그런 와중에도 문학은 인간이 중요하다는 착각에서 벗어나지 못하고 있다."라고 지적했다. 인간이 중요하기는커녕 재앙의 근원이라는 그의 말이 매섭다.

가을은 두 개의 얼굴을 가지고 있다. 하나는 숨기기 시작하고 또 하나는 드러내기 시작한다. 길을 걷다 목이 꺾여 있는 해바라기를 바라봤다. 가장자리로 꽃잎이 바짝 졸아붙어 있고 원 안에 나선형 모양의 씨앗들이 검고 날카롭게 모여 있다. 하나같이 엇나가지 않고 치밀하게 서 있다. 씨앗의 질서에 감탄이 절로 나왔다. 고흐의 '별이 빛나는 밤'처럼 가을밤도 그런 모양으로 박혀 있을 것만 같다. 저 휘어져 박힌 힘이 모여 지구가 우주에서 떨어져 나가지 못하겠구나, 문득 그런 생각이 들었다.

인간 중심주의를 벗어나 다르게 생각하는 일도 결국은 인간의 몫이다. 자연에서 배우는 것도, 성찰하는 것도 모두 인간의 의지 없이는 불가능하다. 그러니 아직은 인간에게 희망을 걸어도 되지 않을까.

책방 행사를 하고 서울 안국동에서 광화문으로 걸었다. 광화문 세종문화회관에서 기후 운동 '다이인 퍼포먼스'를 하고 있었다. 2020년 8월 20일에 시작됐으니, 이제 2년 동안 이뤄진 셈이다. 그리고 집으로 돌아와 TV를 켜니 사람들이 『동물원-우아하고도 쓸쓸한 도시의 정원』을 읽고 있다. 〈100인의 리딩 쇼-지구를 읽다(KBS)〉라는 프로그램이다. 길에서도 방송에서도 플랫폼에서도 문학뿐 아니라 전 분야에서 지구 환경 문제를 다루고 있다. 절박해질 대로 절박해진 생태 환경의 현실을 알 사람은 다 알고 있는 듯하다. 그런데도 우리는 자연을 그대로 두지 않고, 아름다운 것만 있으면 그것을 꺾거나 뿌리째 뽑아 인간의 정원에 들인다. 아름다운 것이 곁에 있다고 아름다워지는 것도 아닌데.

송재학의 시는 북극곰의 수컷이 새끼 곰을 잡아먹는 이야기다. 더 이상 사냥할 수 없어 제 종족을 잡아먹어야 하는 북극곰의 슬픔에 대한 이야기이자 용서를 구하는 북극황새풀 이야기다. 슬픔을 북극곰의 흰색으로 감각하는 시 구절을 곱씹어 읽으면 온난화가 불러오는 비극이 바로 곁에 와 있다는 감각에 시달린다.

기후 문제를 풀어 가는 이들의 사유가 환경 문제에 대한 각성은 가능하게 하지만 각성 이후의 문제는 여전히 남아 있다. 실천하고 행동하는 인간에 대한 기대 없이 할 수 있는 말은 없다. 희망이 없어 보이는 일 앞에서 포기하지 않기란 쉽지 않다. 깊은 죄책감의 수렁에서 빠져나와 다음을 이야기하려면 인간에게서 희망을 찾아야 한다. 그런데 인간이 할 수 있다는 생각이, 인간이 중요하다는 착각에 빠지는 길이 아니라 인간이 해야 할 실천들을 찾는 길이라면 좋겠다. 이병일의 시 「녹명」은 눈밭을 파헤치는 사슴을 묘사한다. 사슴은 눈밭을 걷다가 풀한 포기를 발견하면 혼자 냉큼 먹지 않고 운다고 한다. 같이 먹자고, 배고픈 다른 사슴을 부르기 위해 풀피리처럼 운다고 한다. 모두 함께 사는 공생을 꿈꾸는 것이다. 그리고 이런 공생의 지혜는 인간 세계에도 존재해 왔다. 희망이 있다는 이야기다.

인간을 움직이게 하는 것이 무엇인지 영악하게 생각해 보고 싶어졌다. 일회용 종이컵 대신 텀블러를 쓰고 있지만, 텀블러는 400년 동안 썩지 않는 플라스틱으로 만들어져 있다. 환경을 위한다는 명목 아래 정말 환경에 도움이 되는 일인지 알 수 없는 상태에서도 실천하기를 멈출 수 없는 인간, 뭔가 잘못 짚었다는 예감에 수시로 빠지는 인간에게 아직은 희망이 있다고 말하고 싶다.

×

한 사람이 만들어 가는 희망

새 메일이 도착했다는 팝업 알람이 떴다. "푸른 수강 후기입니다" 메일 제목에는 푸른 님의 성함이 병기되어 있었다. 수업 시간에는 이름 대신 별명을 썼다. 20대부터 60대까지 다양한 연령층이 함께하는 도서관 수업에서 수평적 관계를 구성하기 위한 방책이었을 뿐인데, 다들 별명처럼 말하고 행동해서 신기했다. 뭉게뭉게 님은 좀처럼 말이 없지만 한 번 피어오른 생각은 뭉게구름처럼 크고 둥글고 확실한 듯했고, 뭉클 님은 언제나 마음을 다해 솔직하고, 진주 님은 진주처럼 영롱한 질문을 했고, 다윗 님은 모든 기원을 탐구하기를 갈망하는 듯했다.

푸른 님은 대체로 푸른 산을 뛰어오를 것처럼 가뿐하고 명료한 말하기를 구사했는데, 말이 조금도 늘어지는 법이 없었다. 그러면서도 늘 여운이 감돌았다. 마지막 시간엔 그간의 읽기로 인한 변화를 담은 짧은 글을 써 와 나누기로 했다. 그중 푸른 님만 글을 못 써 왔다며 대신 며칠 전 자신이 겪은 에피소드 하나를 들려줬다.

"우리 집 가까운 곳에 계곡이 있어요. 날이 더워지니까 물놀이하는 애들도 여럿인데 가만히 보니까 저쪽 애들이 자기들이 먹고 버린 쓰레기를 안 치우고 그대로 두고 가려는 거예요. 어른이 아이를 가르쳐야 한다고 생각해 제가 가서 조곤조곤 말해 줬어요."

"교육 효과가 있던가요?"

"일단은 자기들 쓰레기가 아니래요. 원래부터 그 자리에 있던 거라고. 그래서 제가 그래도 이곳에 다시 왔을 때 깨끗하면 너네도 좋지 않냐? 너희가 버린 것이 아니더라도 치우는 것이 어떠냐? 그랬죠."

"치우던가요?"

"아뇨, 쓰레기를 버린 사람은 따로 있는데 왜 우리가 억울하게 누명을 쓰고 쓰레기를 치워야 하냐고 따지더라고요."

"그래서 뭐라고 하셨어요?"

"그래, 그 말도 맞다. 그래도 남이 버린 쓰레기 때문에 계곡이 더러워지면 너희도 손해 아니냐. 그러니 억울하더라도 치우고 가면 안 될까, 물었지요. 그런데 그 애들 하는 말에 한 방 맞았습니다. 그러면 억울하더라도 아저씨가 치우라고 하더라고요."

그 말을 듣고 모두가 박장대소했다. "그래, 그 말도 맞다."라는 말을 조용히 되뇌던 푸른 님이 말했다.

"그런데 말이죠. 그게 끝이 아니에요. 또 한 번의 가르침이 더 있었어요. 제가 잠깐 어디 다녀오는 사이에 그 애들이 쓰레기를 다 치우고 갔더라고요."

환경을 생각하는 마음이 자기 실천을 촉구하기보다 남을 가르치는 쪽으로 기울어 있지는 않았는지 생각해 보게 한 에피소드다. 교육에서 전복은 언제나 우리를 신선한 충격에 빠뜨린다.

지금껏 읽기만 했을 뿐인데 다들 놀랄 만큼 멋진 글을 써 왔다. 메일로 뒤늦게 도착한 푸른 님의 글은 읽는 행위가 세상을 바꿔 가고 있는 현장 같아서 소름이 돋았다. 이전에는 현업에 필요한 실용서만 뒤적였다는 푸른 님에게 닥친 이 변화를 열렬히 응원하고 싶다.

점심시간, 도서관 근처에서 밥집을 찾다가 우연히 앵두나무를 보았다. 그새 초여름이 왔다고 앵두가 빨갛게 익었다. 예전 같으면 하나쯤 따 먹었을 텐데, 지금은 미세먼지 때문에 쉽게 손이 가지 않는다. 새 떼도 멀리하는 것을 보면, 분명 앵두나무엔 문제가 있다. 새빨간 입술을 뽈록하게 내밀고 있는 모양을 보아하니 단단히 심통이 났다. 푸른 님의 에피소드에 등장하는 아이들처럼 자동차 한 번 타지 않고, 보일러 한 번 때지 않은 앵두나무가 왜 먼지를 뒤집어써야 하냐고 따지고도 남을 일이다.

나는 환경에 예민한 앵두나무의 감수성을 상상한다. 그러면 다시금 물을 좀 아껴 쓰게 되고 텀블러를 챙기게 되고 휴지 대신 손수건을 쓰게 된다. 하지만 환경은 날이 갈수록 나빠지고 있고 30년 전에 내가 하던 '환경 보호 포스터 그리기'를 요즘 초등학생들도 하고 있다. 이런 우리에게도 희망이 있을까?

친구인 김은지 시인은 한 명의 인간으로서 파괴되어 가는 자연 앞에서 무기력을 느낄 때면 헬렌 켈러의 말을 떠올린다고 했다. 나는 오직 한 명이다. 모든 걸 할 수는 없다. 그러나 뭔가를 할 수는 있다. 나는 내가 할 수 있는 뭔가를 거부하진 않겠다.

구더기는 분해하는 힘이 있다. 그 힘으로 냄새를 지우고 살과 뼈를 지우며 죽음이 흙으로 돌아가는 것을 돕는다. 희망을 의심하는 일에 무슨 힘이 있을까? 황인숙 시인은 「움찔 아찔」이라는 시에서 구더기를 "낱낱이 몸을 트는 꽃잎들"이라고 표현했다. 모든 걸 다 할 수는 없어도 내가 할 수 있는 뭔가를 하는 일이 희망을 의심하는 일보다 힘 있는 일이라고 믿는다.

까마귀는 따지고 들지 모르겠지만 김은지의 시 「북규슈」의 한 구절처럼 자연에 기대어서라도 희망을 말하고 싶다. "나뭇가지를 물어오는 까마귀야/맑은 공기를 물어오렴/한 번도 쓰인 적 없는 시간을 물어오렴" 그리고 조금만 더 버텨 달라고.

×

제부도

여행 장소로 제부도를 골랐다. 섬이라면 대부분 아름다우니까 장소를 고른 것뿐인데도 알 수 없는 기대심이 차올랐다. 지도를 찾아보니 옷걸이 모양으로 생긴 섬이 바다를 코트처럼 걸치고 있다. 따뜻하겠다, 저 섬. 때마침 실내의 에어컨 바람에 몹시 지쳐 있는 중이어서 외투가 필요한 참이었다. 모르는 상태로 짐작하고 상상하는 일에 푹 빠지는 것만으로도 따뜻해지는 기분이 들었다.

아는 게 아무것도 없이 제부도를 향해 출발했다. 험난한 여정이었다. 무슨 고비사막에 가는 것도 아니면서, 실크로드 탐험대도 아닌데 도대체 얼마나 아름다워지려고 이런 가슴 철렁한 일을 만들어 대는 걸까? 그도 그럴 것이 친구의 차를 타고 출발하기가 무섭게 타이어 공기압이 경고음이 울려 댔기 때문이다. 주말이라, 바퀴 하나에 바람이 다 빠진 상태로 이리저리 주변 카센터를 전전하다 겨우 문을 연 공업사 한 곳을 찾았다.

제부도에 도착하자마자 우리에게 얼마나 멋진 일들이 일어났는지 나는 알고 있다. 그런데도 누가 제부도 여행이 어땠냐고 물어보면 가장 힘들던 순간을 이야기하고 만다. 슬픈 일이다. 내게 여행이란 자연이 주는 그 어떤 감흥보다, 그 감흥 속에서 누구와 어떤 마음을 주고받았는지가 중요하기 때문일 것이다. 여행의 기분을 얼마간 묘하게 만들었던 일이 고작 타이어에 바람이 빠진 일이라는 게 분했다. 어쩌면 이 글을 쓰게 된 지금에서야 나의 제부도를 제대로 이야기할 수 있게 된 걸지도 모른다.

더 없이 아름다운 공허

제부도엔 내가 아는 사람이 하나도 없지만 아는 사람이 있을 것만 같았다. 언젠가 와 본 듯한 친숙한 느낌이 들었다. 제부도 근처에 다다랐을 때부터 줄지어 보이던 포도밭 때문이었다. 어릴 적 엄마와 커다란 고무대야를 챙겨 포도밭 아주머니에게 포도를 한가득 받아 오곤 했다. 포도밭 아주머니는 여전히 포도 농사를 지으실까? 엄마와 흥정하는 동안에 어린 내 손에 포도 한 송이를 쥐여 주던 아주머니 얼굴이 이젠 하나도 기억나지 않네.

우여곡절을 넘기고 어느새 제부도에 가까워지고 있는 차 안에서 생각했다. '내 옆에 있는 사람이 가장 소중한 사람이다.' 그렇게 주문을 외고, 뒷좌석에 앉은 김은지 시인의 얼굴과 운전석에 앉은 진의 얼굴을 번갈아 보았다. 정말 소중하게 간직해야지.

제부도를 생각하면 '곁'이라는 말이 떠오른다. 섬의 곁은 바다이고 바다의 곁은 섬이다. 서로 의지할 곳을 찾아서 섬은 바다를 불렀고 바다는 섬을 불러왔으리라. 제부도에는 언제부터 사람들이 들어와 살게 되었을까?

'제부도 워터 워크' 조형물을 지나치자마자 바닷길이 펼쳐졌다. 장 그르니에 『섬』의 한 구절이 생각나는 풍경이었다. 장 그르니에는 어떤 해안의 바위와 개펄과 물을 보며 광대무변한 넓이와 엄청난 공허에 대해 이야기했다. 제부도니까 하나를 더 추가해야겠다. 바다와 육지를 잇는 케이블카. 케이블카가 저 광활한 갯벌 위를 건너가고 있다는 사실에 압도되었다. 나는 놓치면 안 될 것처럼 그 모습을 카메라에 담았다.

카메라 셔터를 누르면서 생각했다. 인간의 욕망을 기어코 실현하고야 마는 것이 이렇게 웅장하고 아름다워도 될까? 레이스 커튼처럼 하늘을 드리운 전선에 매듭술처럼 달린 케이블카 아래로 펼쳐진 공허. 장 그르니에는 날마다 모든 것이 전부 다시 따져 보아야 할 문제로 변하는 곳인 바다를 바라보며 참으로 존재하는 것은 아무것도 없다고 했지만, 공허를 아름답게 여겼다. 나도 이 공허 때문에 제부도가 아름답다는 걸 알았다. 더없이 아름다운 공허를 가로지르며 제부도로 들어설 수 있는 이 절묘한 순간을 사랑하지 않을 수 없을 것이다.

×

하루에 몇 번이나 기적

서쪽 바다가 통창으로 보이는 횟집에서 저녁을 먹으면서
알았다. 바닷길이 막혔다는 걸. 사장님이 매운탕 냄비를 내려
놓으시며 물었다.

"케이블카 타고 나가시나 보네요?"

"아뇨, 저희 차 갖고 들어왔어요."

"바닷길 막혔어요. 에구, 물때도 모르고 들어오셨네."

가슴이 바람 빠진 타이어처럼 주저앉았다. 그래 길이 있는
데 어떻게 섬이야? 왜 그걸 몰랐을까? 김은지 시인은 어쩐지
'물때 시간표 QR코드' 안내판이 자주 보였다고 말했지만, 나
는 그런 안내판을 본 적도 없었다. 갯벌에 매료되어 공허에
매료되어 아무것도 볼 수가 없었다고 하면 믿을까? 물때도

모르고 와서는 기다리지도 않고 오자마자 바닷길을 가로지른 게 기적 같았다.

나는 모세의 기적이라고 적힌 상호를 몇 번이나 다시 읽었다. 제부도에 물때 시간이 있다는 것도, 서해라는 것도, 바다에 잠겼다가 몸을 드러내는 해안 도로가 있다는 것도 몽땅 다 신기했다. 이것이야말로 공허가 아니고 무엇이겠는가? 가을이 가까이 다가오는 중이어서일까? 알 수 없이 쓸쓸해졌다. 쓸쓸한 것. 텅 빈 것. 비어 갈 마음이 있다는 것. 채울 수 있는 마음이 있다는 것.

"그럼, 저희 못 나가는 거예요?"

나는 급히 숙소라도 잡아야 하나 머리가 복잡했다.

"밤에 또 바닷길 열려요."

무슨 기적이 하루에 두 번이나 일어나는지, 그게 또 기적 같네. 동방박사에게 나타난 천사인 듯 사장님은 9시 18분이 되려면 한참이니 느긋하게 있다 가도 좋다고 말해 주셨다. 바닷길이 막혔다는 걸 알고 나서야 물때를 찾아봤다. 하루에 두 번 조수가 들고 난다고 하는데 그 시간이 날마다 바뀐다니, 나같이 정신없는 사람이 제부도에 살긴 글렀다. 오 그런데 어떤 날은 "계속"이라고 적혀 있다. 물바닥 아래로 물이 밀리고 다시 물 위로 물이 밀리고, 그러면 소조기와 '지구와 달의 거리'가 멀어지는 시기가 겹친다고 했다. 그땐 아예 2~4일간은 온종일 바닷길이 열린다고 한다. 이것이야말로 모세의 기적 아닌가?

구름 뒤편의 노을

식사하다가도 돛단배가 지나갈 때마다 사진을 찍기 위해 밖으로 뛰어나가곤 했다. 해가 수평선의 어깨너머로 넘어가는 시간을 우리는 저녁이라고 부른다. 그런 저녁의 풍경을 담을 수만 있다면 저녁밥쯤은 어떻게 돼도 괜찮았다. 카메라에 담고 싶은 건 정작 노을이 흘러내린 수면 위를 떠가는 돛단배였는데……. 이번 돛단배가 여길 지나가는 마지막 돛단배가 될까 봐서 찍어 두었다.

"그런데 노을은 언제 지나요?"

"지나갔어요."

"제가 계속 봤는데, 노을 진 걸 못 봤는데요?"

날이 흐려 그 아까운 노을을 구름 뒤편에서 그냥 보내 버렸다. 아까 그 돛단배 사진 속에 어쩌면 진짜 노을이 있었을지도 모를 일이다.

다시 나가 바다 앞에 섰다. 멀리 고깃배들이 그물을 올리는 것이 잘 보인다. 가도 가도 수평선, 수평선이 끝없이 밀려나서 나는 바다가 아름답다고 생각한다. 막막한 아름다움이랄까. 관계랄까. 갯벌과 조개. 숨과 소금. 사람과 사람. 모든 존재가 각기 다른 하나의 섬이지만 바다가 있으면 한 몸이 된다. 한 몸이면서 여러 숨을 가진 생명이 모여 지구가 된다.

해변과 길과 억새와 해송이 한순간 내 숨을 멎게 한다. 바람이 새 떼처럼 지저귀고 있는 것만 같다. 공중과 지상과 나와 새 사이를 부서질 듯 둥근 바람이 감싸 주고 있다. 제부도는 바람이 품은 하나의 알 같다. 아름답다. 바다를 끼고 있는 섬이라고 다 아름다운 것은 아니다. 섬을 바라볼 사람이 있어야 아름다운 것이다. '내가 너를 바라봤으므로 너는 곧 아름다워지겠구나…….'

어둑해진 바닷가에서 폭죽 소리가 간간이 들려왔다. 공중에서 사그라드는 불꽃을 마음속에 그려 보고 있을 때쯤 까르르 거리는 연인의 것이 분명한 웃음소리가 섬의 옆구리를 간지럽혔다.

매바위를 이루고 있는 것들

×

횟집에서 적당히 시간을 보낸 뒤에 다시 커피숍으로 향했다. 밤이 되자 문을 연 가게라곤 우리가 저녁을 먹기 전 들렀던 커피숍 하나뿐이었다. 점원은 다시 찾은 우리를 알아보고 반가워했다. 덕분에 마음이 푸근해졌다. 창가 자리에 앉아 커피를 홀짝이는 시간이 아주 더디게 흘렀다. 김은지 시인이 낮 동안의 일을 하나씩 풀어헤치다가 대뜸 매바위를 이루고 있는 암석의 종류가 뭔지 아냐고 물었다.

"편암."

"그리고 또?"

생각나지 않았다. 오늘 낮에 본 풍경 중에서도 제부도 매바위가 눈에 선하다. 매바위는 풍화 중이다. 풍화라는 말 속에는 무릎뼈를 달그락거리는 짐승이 웅크려 있을 것만 같다. 까무 잡잡한데 반짝거렸다. 만조 때엔 새 떼를 위한 섬이었다가 간 조가 되면 짐승이나 사람에게 찬거리를 내어 준다. 조개와 아 가미 달린 것들이 가물가물 흩어지다가 땅속으로 스며들었을 것이다. 문득 물 빠진 자리가 글썽거리는 것만 같다. 대화는 다 시 학창 시절 모스 굳기계 표(광물의 굳기를 비교하는 표)를 보 며 암석 이름을 외운 추억으로 빠져들었다. 신나서 수다를 떨 다가도 이따금 시계를 보며 물때를 체크했다.

도착하자마자 공영 주차장에 주차하고 돗자리를 챙겨 매바 위를 향해 걸었다. 어느 텐트 앞에는 아무렇게나 부려 놓은 플 라스틱 장난감 몇 개와 삽이며 호미가 젖은 모래를 머금고 돌 아올 아이들을 기다리고 있었다. 몇몇 아이들은 갯벌에서 양 동이를 옆에 놓고 주저앉아 뭔가를 줍고 있었다. 우리는 매바 위가 한눈에 보이는 모래사장에 돗자리를 펴고 누웠다. 셋이 누워 누군가가 날린 가오리연이 있는 하늘을 한참 바라보았 다. 친구들도 다 가오리연을 좋아했다. '바람이 불어서 다행이 야.' 멍하게 바라본 짧은 침묵 속에서 생각했다.

침묵을 끊으며 김은지 시인이 전날 쓴 시가 마음에 든다고 했고, 진과 내가 그걸 읽어 달라고 청했다. 은지 시인의 작은 목소리가 가느다랗게 고막에 닿았다. 들으면서 생각했다. '그

래, 어쩌면 이런 것들로 매바위가 이루어졌을 거야.' 수천 년
전부터 이곳을 찾아온 사람들의 목소리와 바람과 포옹과 뜨
거운 손목을 잡히던 순간과 놓치는 순간이 모이고 모여서 매
바위가 되었을 거야. 풍화란 그런 거라고 믿고 싶다. 저 멀리
보이는 갯벌 한가운데 노란 현수막을 읽어 보았다. "갯벌 체험
장은 체험료 지급 후 입장이 가능하며 조개 캐기는 지급된 '망'
만 사용 가능합니다." 그 주변으로 장화 호미 대여소라고 써 붙
인 곳이 여러 군데 있다. 그렇다면, 매바위를 이루는 것에 장화
와 호미도 그리고 내 기침 소리까지 추가!

×

베끼기

정해진 곳을 가서 잘 베끼기만 해도 에세이 마감은 문제없을 것 같았는데 막막했다. 제부도를 베끼려고 오긴 왔는데 뭐부터 베껴야 할까? 너무나 막막해서 나자빠진 해변을 생각했다. 해변은 걷기 좋은 모래밭을 가졌다. 모래밭엔 무수히 많은 새 발자국을 파도가 집어먹고 있었다. 발등을 담갔다가 발목이 젖었다가 그만 몸을 담그는 어린아이들이 있었다. 수평선을 한 번 더 당겨 얹는 물놀이를 하고 있었다. 나도 그만 뛰어들고 싶었으나 그러진 못했다. 바다가 어떻게 얼마나 두꺼워져 제부도 어디까지 닿는지 궁금하다.

가을이다. 가을엔 바람도 발뒤꿈치를 들고 다닌다. 그래서 모래 먼지가 일어나지 않는다고 한다. 구름이 맑아진 것 말고도, 절벽에 소나무 한 그루는 한 번 굽은 자세로, 한 번 더 굽은 자세를 취하고 있다. 뒤통수와 옆구리와 오금을 절벽에 붙여 놓고, 절벽은 소나무가 되고 소나무는 절벽이 되는, 그런 제부도에도 물잠자리는 날개를 펴서 가만가만 물가를 스쳐 날았다. 물결 가까이서 닿을 듯 말 듯 물결을 베끼는 물잠자리처럼 멀리서 본 탑재산을 베끼려면 산을 올라야 할 것이다.

해변을 따라 걸어 온 제비꼬리길은 탑재산 가는 길과 연결되어 있다. 산의 높이가 겨우 60미터이고 가는 길은 600미터 정도 된다. 트래킹하는 사람들은 탑재산 전망대에 올라서 탁 트이는 비경을 만날 수 있다. 아니 베낄 수 있다. 저 멀리 요트 몇 대도 잘 보인다. 구름도 좋고 물도 좋고 바위도 나무도 좋은 이곳을 아이와 함께 다시 한번 와야겠다고 생각했다.

전망대로 올라갈 때는 몰랐지만 내려올 때 풀빛이 더 이상 자라지 않고 있다는 것을 알았다. 제 몸의 물기를 모두 끊어 내고 풀씨에게 눈을 갖게 하는 걸까? 길가의 해바라기 몇 개는 벌써 목뼈를 부러뜨리고 있다. 새들이 씨앗을 빼먹었는지 얼굴이 흉하다. 끝이 이렇게 서글퍼서야 어쩐담.

나는 제부도를 걸으면서 왜인지 유독 폐선에 눈길이 갔다. 더 이상 바다로 나갈 수 없어 몸에 녹을 피우고 녹아 가고 있을 그림자, 바닷길을 열고 있을지도 모른다. 저 폐선을 몰던

선장도 바다만 바라보고 있을 테다. 한때 한 몸이었지만 지금은 서로 떨어져 지내는 부부 같다. 그러나 바다를 바라보는 시간을 꼭, 붙잡고 있다는 사실이 중요한 것 아니겠는가?

케이블카 타는 곳의 불빛들이 제부도 한쪽 모서리를 베고 눕는 것을 바라본다. 민박집 여기저기의 불빛도 바다의 얼굴을 밝힌다. 빨간 등대 쪽으로 난 길도 한번 걸어 보고 싶었는데 그러지 못해 아쉽다. 등대만 보면 기대고 싶다. 멀리서 보기만 해도 위안이 되는 존재구나. 유현아 시인과 강릉에서 걸었던 등대길이 생각났다. 걸으면서 행복했다. 별말 안 하고 등대를 향해 걸으며 이따금 방파제를 치받는 물을 바라보면서 한 사람에게 조금 더 가까워지는 시간이 얼마나 따뜻했는지 모른다. 모든 등대는 다르겠고 다른 곳에서 다른 시간 안에 있었지만, 제부도의 빨간 등대를 지나쳐 가면서도 나는 따뜻하다.

친구들과 함께한 한 순간 한 순간을 잊고 싶지 않다. 아까 대답하지 못했던 변성암의 이름도 찾아서 다시 외웠다. 규암. 하루 종일 본 제부도를 가슴에 꼭 껴안고 열린 바닷길을 천천히 빠져나오며 장 그르니에의 『섬』에 부친 카프카의 말이 실감 났다. 이미 섬을 열어 본 장 그르니에가 뜨거운 마음으로 부러워한 것은 다름 아닌 저 섬을 처음 열어 보게 되는 낯모르는 젊은이었다. 아직 제부도를 가 보지 않은 누군가가 있다면 진정 부럽구나. 그대여!

경력증명서에 넣을 수 없는 나의 경력들

신문을 읽는 독자들과 '시적인 순간'을 나누기 위해 글을 쓴다는 사실이 좋으면서도 시적인 순간을 고르는 건 언제나 고민이다. 너무 큰 말들을 생각하는 일에 지쳐 이슬처럼 작은 것을 원하게 된 순간에 대해서도 좋고, 점심시간이면 가는 길 건너 보리밥집 이야기를 쓰는 것도 나쁘지 않을 텐데…….

이런저런 시적인 순간을 떠올리다가 들어간 인스타그램 라이브 방송에서는 신간을 낸 서효인 시인이 김복희 시인과 작은 북토크를 하고 있다. 그는 새벽 5시 30분에 글을 쓴다고 한다. 그의 시적인 순간, 새벽 5시 30분을 상상한다. 그가 수없이 썼다 지웠다 하는 문장들 사이에서 망설이며 태어난 시의 첫 얼굴을 본 것만 같은 착각이 든다. 그러나 그것은 그의 시적인 순간이지 나의 시적인 순간은 아니다.

사실 글을 쓸 만한 여유가 없었다. 새롭게 일하게 될 곳에서 내게 경력증명서를 요구했기 때문이다. 그곳에서 원하는 건 공식적이고 문서화되어 있으며 직인이 찍힌 경력증명서인데 내게 그런 서류를 흔쾌히 떼어 줄 수 있는 곳은 한정적이다. 멋쩍고 구차한 마음에 나의 경력은 선별되고 축소되고 지워졌다. 경력증명서를 떼는 것이 이렇게나 마음을 힘들게 하고 수고롭게 한다. 그런데 김은지 시인이 경력증명서를 떼는 내가 정말 시적이라고 하는 것이 아닌가? 그러고 보니 경력증명서에도 시적인 순간이 숨어 있을 것 같다.

하루하루 성실히 살아온 나의 경력들이 지워지는 것을 두고 볼 수 없어 열거해 본다. 팟캐스트 '도심시'의 진행자가 되어, 팟캐스트 방송 링크를 경력증명서로 제출하고 싶다. 새벽에 일어나 아이의 소풍 김밥을 싼 경력, 책방에서 만난 사람들과 찾은 강화도 갯벌에서 바닷물이 차오르기를 하염없이 기다리던 마음, 자전거를 타고 출퇴근하던 골목길도 나의 경력으로 제출하고 싶다. 그리고 오리를 걱정하느라 경력증명서를 떼지 못한 경력까지도……

5월의 어느 저녁이었을 것이다. 수많은 사람이 방학천을 걷다가 멈춰서 사진을 찍고 있었다. 수풀 사이로 흐르는 물줄기를 따라 오종종하게 거니는 오리 가족 때문이었다. 작은 조약돌 같은 새끼 오리들이 어미를 쫓아 물결무늬를 젓는 모습을 가만가만 마음에 담으며 나도 모르게 웃음이 번졌다. 산책 나온 사람들이 발길을 멈추고 저 작은 생명 앞에서 바라는 건 무엇이었을까? 새끼 오리들이 내는 맑은 울음소리가 생활에 젖은 마음 한구석을 위로한다. 바라보기만 해도 위로를 주는 존재가 있다는 게 믿기지 않다가도 아이 어릴 적을 떠올리면 절로 고개가 끄덕여졌다.

오리는 온종일 물속을 쑤시고 다니는 게 일이다. 저렇게 다니니까 수면 밖의 공기가 물속을 드나들 수 있고 물고기들이 아가미를 잘 쓰게 되는지도 모른다. 아이에게 사물 이름, 식물 이름, 공룡 이름, 자동차 이름을 알려 주던 시절이 있었다. 저 오리도 세상에 나와 물이 무엇인지, 물갈퀴를 어떻게 사용하는지 그런 것들을 배우고 있었으리라.

그런데 어느 날부터 오리 가족이 보이지 않았다. 그리고 며칠 후 방학천 다리 밑에 붙어 있는 대자보를 봤다. 오리 가족에게 돌을 던지는 이들의 모습이 찍힌 CCTV 영상과 함께 자수를 권유하는 내용이었다. 중앙일간지에도 보도된 사건인데, 검거된 10대 형제가 오리 가족을 죽인 이유는 '호기심' 때문이라고 했다. 호기심의 결과가 참혹하다. 그날은 좀처럼 잠이 오지 않아 밤새 뒤척였다.

여기서 나는 시적 상상력을 발휘해 본다. 저 아이들이 오리가 됐으면 좋겠다. 직접 오리가 되어 방학천을 누볐으면 좋겠다. 쓰레기가 둥둥 떠다니는 물줄기의 더러움과 맑음 사이에서 삶을 살아가는 긍휼한 태도를 배웠으면 좋겠다.

영화 〈브라더 베어〉에서도 곰을 죽인 사람이 곰이 된다. 자신이 혐오하던 존재가 돼 깨닫게 되는 것 중 하나가 사랑일 것이다. 영화 속에서 사랑을 정의하는 대사가 기억에 남는다. 모든 살아 있는 것들과 통하며 화목하게 만든다는 것이 바로 사랑이란다. 그러니 동물을 이해하는 일이 죽어서 다시 태어나야만 가능한 일은 아니었으면 좋겠다.

우리가 인간으로 존재하는 순간에도 살아 있는 다른 존재를 이해할 수 있다고 믿는다. 오리 가족의 부재에 대해 여러 사람이 공유하는 감정이 슬픔이듯 이 글을 읽는 이들은 대부분 이미 뼈아프게 동물의 권리에 대해 생각하고 있을 것이다. 그래서 상상해 본다. 경력증명이란 게 어떤 직책, 역할로만 한정되는 것이 아니라 이렇게 누군가를 위로하고, 배려하고, 사랑하는 마음까지도 담아낼 수 있다면……

풍경이라는 방문객

아파트 앞 길목에 무궁화가 핀 걸 봤다. 추석 연휴의 한가로움 때문일까? 하루아침에 핀 건 아닐 텐데……. 지금껏 못 보다가 어째서 오늘은 보게 되는 건지. 우리나라 꽃. 꽃잎이 다섯 장이네. 꽃잎을 세면서 내게도 꽃잎을 세어 보는 마음이 있었다는 걸 깨달았다. 세상은 늘 이런 식으로 나를 일깨우려나 보다.

매주 월요일마다 동네 책방 '책인감'에서 진행하던 퇴고 연습이 끝났다. 퇴고 연습은 말 그대로 퇴고가 필요한 시를 가져와 퇴고하고 싶은 부분을 밝히는 것이 필수적인 프로그램이다. 그런데 나의 절친한 친구이자 독자인 J가 첫날부터 산통을 깨고 말았다.

자신의 시를 낭독하고 난 다음 J가 말했다. "전 퇴고하고 싶은 곳이 없습니다." 프로그램 이름이 '퇴고 연습'이고 애초 콘셉트가 그런 건데, 이건 또 무슨 난관이란 말인가? "전 제 시가 마음에 듭니다." 환장하겠다. 아주 쐐기를 박는구나 싶었다.

그런데 한편으로는 그 말 되게 뭉클한 말이구나 생각했다. 어디 가서 나도 흔들림 없이 저런 말을 할 수 있을까? '이게 시가 될까?' 스스로 되물으며 망설이다 내놓은 시가 많았다. J의 말이 누군가 좋다고 말해 줘야 겨우 좋은 시가 되곤 하던 나의 시들을 되돌아보게 했다.

중요한 건 꺾이지 않는 마음이라던데, 그보다 더 중요한 건 꺾지 않는 마음일지도 모르겠다. 퇴고 연습을 같이 진행하던 김은지 시인은 J의 시에 대해 사려 깊은 감상을 남겼다. 그러니까 7월에서 9월까지 핀다는 무궁화를 10월에 본 거라면 행운이 아닐 수 없고, 지금껏 나는 내 마음을 꺾지 않은 누군가 덕분에 시를 건졌다.

서울에서 진안으로, 진안에서 포항으로, 포항에서 다시 서울로, 20시간을 차 안에서 보냈다. 국도를 이용해 도계를 넘나들면서, 공기를 바꾸어 나가는 가을을 바라봤다. 과일을 파는 사람들. 어느 면에서는 배를, 어느 면에서는 사과와 포도를 또 어느 면에서는 밤과 대추를 팔고 있었다.

앞뒤 생각 없이 창밖을 바라보면서, 그러다 가끔은 창을 열어 귀뚜라미 소리를 만지면서 그렇게 고향으로 갔다. 국도의 가로수들이 눈길을 사로잡았다. 진안에서 무주로 가는 길엔 밤나무가, 무주에서 추풍령으로 가는 길엔 감나무가, 다시 김천에서 포항으로 가는 길엔 포도나무가 길을 끼고 살고 있다.

국도를 끼고도는 강물도 보고, 흐르는 물결 소리에 귀도 적셔 보고 문경새재를 벗어나 달리면서는 '박열 의사 생가' 가 문경시 마성면 오천리에 있다는 것도 새로 알게 되었다. 어떤 풍경은 밝게 비치고 또 어떤 풍경은 숨어 있다. 빙빙 돌아 집으로 가는 길, 뜻밖의 순간을 잊지 말아야지.

추석 연휴에 함께 움직이는 것은 나무와 길과 강과 가을의 온도였다. 우리가 맺은 관계들이 움직였다고 생각한다. 감탄을 금할 수 없는 구름과 파도와 노을, 그리고 호명할 수가 없어 더없이 아름다운 지명들.

풍경은 바라보는 사람의 내면에 앙금같이 쟁여진다. 그렇게 믿고 싶다. 가끔 꺼내 보고 싶을 때마다 나는 그 풍경들에 개인 면담을 신청할 것이다. 풍경은 아무 말 않고도 거기 있음으로써 나 자신을 되돌아보게 해 주니까. 어쩌면 저 풍경이 나의 방문객일 수도 있고 내가 저 풍경으로 들어가는 방문객일 수도 있다.

국도를 달리다가 어두워져서야 다시 중부내륙고속도로에 들어섰다. 저녁 끼니를 해결하려고 괴산휴게소에 들렀는데, 사람이 너무 많아 앉을 자리가 없었다. 먼저 식사하시는 분께 앞자리가 비었는데 앉아도 되냐고 물었다.

그렇게 처음 보는 사람과 저녁 식사를 했다. 식당에 들어오는 순서대로 자리에 앉힌다는 소읍의 할머니 식당이 잠시 떠올랐다. 연인과 왔으나 다른 자리에서 먹어야 했던 사람들, 자녀들과 떨어져 밥을 먹는 사람들, 그래도 앉을 자리가 있어서 다행이라 여기는 사람들이 순하고 정겹다.

우리에게 자리를 내어 주었던 사람이 떠나고 우리도 옆에서 기다리는 사람에게 먼저 말을 걸었다. "여기 앉으세요." 먼저 말을 걸어 준다는 게 쉬운 일 같지만 어려운 일이다. 처음 보는 사람에게 말을 거는 일은 마음 없이는 안 되는 것이니까. 그게 시 같다. 특별한 공간은 아니었지만, 나의 숨이 딛고 있는 자리가 특별하게 느껴졌다. 몸은 피곤해도 풍경이 새겨지는 중이다.

×
'없군'과 스탕달 증후군

캄보디아에서 만난 이호범 님과는 어느새 SNS 친구가 되었다. 그는 익천문화재단 길동무 문학기행을 이끄는 가이드였고 버스 안에서만큼은 최고의 인기인이었다. 대학 때 불문학을 전공하고 스탕달에 대한 논문을 썼다는 이호범 님이 불어가 적힌 안내문을 읽자, 버스 안의 작가들은 환호했다. 문학을 경유했다는 공통 감각 때문에 그를 더욱 친근하게 느끼는 듯했다. 서울로 돌아와 캄보디아에서 찍은 사진을 올리자, 그가 '좋아요'를 눌렀다. 함께 보낸 시간을 상기시키면 '좋아요' 뿐이겠는가? 이번 여행에선 감사와 감탄과 놀라움이 가득했다.

버스 안에서 간단한 캄보디아 말도 몇 가지 배울 수 있었다. 그중 기억에 남는 것은 '감사합니다.'라는 뜻의 캄보디아 말이었다. "캄보디아 사람들은 가진 게 없어도 감사할 줄 아는 사람들이에요. 자 따라 해 보세요. 없군." '어꾼'이라는 발음과 비슷한 한국말을 찾아 기억하기 쉽도록 지어낸 이야기에도 가슴이 뜨끔했다. 가진 게 없는데 감사할 줄 아는 마음이라니, 내가 가져 본 적 없는 마음이었다. 없는 것에 감사할 수 있다면 가지려고 애쓰지 않을 텐데⋯⋯. 욕심부리지 않고, 경쟁하지 않고, 인간 본성이 가져오는 고통에 대해서도 조금은 초연해질 수 있을 텐데⋯⋯.

가진 것에 감사하느라 없는 것에 대해선 감사할 일이 별로 없었다. 의도치 않은 심연 속으로 나를 던져 놓고 그가 하던 말을 이었다. 캄보디아가 주는 최고의 선물은 캄보디아 사람들의 환한 미소라며, 그 미소를 볼 수 있는 방법을 알려 주었다. "버스에서 내려서 두 명씩 짝지어 뚝뚝이를 타고 이동할 거예요. 뚝뚝이에서 내리면서 '땡큐' 대신 '없군'이라고 말해 보세요."

그가 말해 준 것처럼 감사 인사를 했을 때, 정말 뚝뚝이 기사님이 하얀 이를 드러내며 환하게 웃어 주었다. 저 웃음 앞에선 전쟁이 훑고 지나간 캄보디아의 아픈 역사를 떠올리게 되더라도 함부로 절망할 수 없을 것 같다. 절망 속에서도 인간과 인간 사이에는 저 웃음처럼 존재하는 사랑이 있었을 것이다.

이런 생각 속에서 바욘 사원 앞에 다다랐기 때문일까? 사면 탑에 새겨진 얼굴을 보는데 심장이 멎는 줄 알았다. '천년의 미소'라 불리는 '앙코르의 미소' 앞에서 천 년 동안 바위와 부딪혔을 햇살이 내게 한꺼번에 쏟아져 내리기라도 하는 듯 잠시 눈앞이 캄캄해졌다. 위대한 걸작과 대면하는 순간 흥분 상태에 빠지는 이러한 증상을 일컬어 '스탕달 증후군'이라고 한다는데, 정신을 차리는 와중에 스탕달 논문을 썼다는 가이드의 말이 생각나 웃음이 터졌다. 웃음이 준 힘으로 사원 이곳저곳을 걸었다.

타 프롬 사원에서는 머리가 없는 불상 앞에서 가이드의 설명을 들었다. 머리에 영혼이 있다고 믿었기 때문에 힌두교가 집권하면 불상의 머리부터 잘랐다고 한다. 영혼을 믿으면서 동시에 영혼을 두려워하는 마음이 인간의 마음이구나 싶어 난데없이 슬픔이 차올랐다. 머리 없는 불상을 지나 사원을 움켜쥔 스펑나무뿌리 앞에서 기념사진을 찍었다. 스펑나무가 사원을 붕괴하는 동시에 지탱하고 있다고 한다. 그 광경이 마치, 삶이 곧 죽음이고 죽음이 곧 삶이라던 붓다의 가르침을 형상화한 듯했다. 사원을 에워싼 매미 울음소리 한가운데서 나는 또 가슴이 벅차올랐다. 걸핏하면 이러는데 앙코르와트에서는 제대로 서 있을 수나 있을까 싶었다.

걱정하면 걱정하는 일이 꼭 일어난다. 결국 앙코르와트 사원의 3층 계단을 내려오다가 넘어지고 말았다. 다행히 크게 다치진 않았지만 무릎이 까져 피가 났다. 사람들이 어쩌다 그랬냐고 물으면 계단이 가파르고 어쩌고 하는 구차한 말을 다 넣어 두고 이렇게 말했으면 좋았을 것이다. "스탕달 증후군" 때문이라고.

캄보디아 식당에서는 자주 전기가 나갔다. 불이 꺼지면 휴대폰 조명을 켜고 앞사람과 눈을 맞추고는 웃다가 이상하고 아름답게 늘어진 그림자 속에서 밥을 먹었다. 끓는 냄비 속에서 버섯을 건져 먹으며 어둠이 이렇게 정다운 거라면 전기가 없어도 감사했다. 캄보디아 식으로 없군!

쓰레기 낭독회

2019년 여름, '켬' 동인은 제주도에 갔다. 그냥 놀러 갔다가⋯⋯. 결론부터 말하면 우리는 쓰레기에 대한 강한 의무감 같은 것을 가지고 돌아왔다. 늘 이런 식이다. 놀러 가서 일거리를 가지고 오다니. 이 글을 쓰고 있는 지금도 옆에서 나를 지켜보던 김은지 시인이 "이소연 시인은 노는 건지 일하는 건지 모르겠다."라고 한다. 환경 문제도 그렇게 다가가야 하는 것이 아닐까? 놀면서 쓰레기를 처리할 수 있다면 얼마나 좋을까?

도대체 왜 어려운 걸까? 내가 놀던 자리를 돌아보면 대부분의 경우 쓰레기가 남아 있다. 음식물 쓰레기부터, 캔, 병, 종이, 포장용 비닐, 은박지, 나무젓가락⋯⋯. 정말 징글징글하다. 잘 놀고 나면 그냥 발자국 같은 것만 남았으면 좋겠는데, 꼭 쓰레기가 남아 있다. 생각해 보면 어릴 땐 그렇지 않았던 것 같다. 친구들과 함께 고무줄 놀이를 하고 나면 고무줄을 돌돌돌 작게 말아서 집으로 가져갔다. 간혹 그 자리에 전우의 시체를 넘고 넘는 노랫말 몇 개가 어른들 귓전에 남아 흥얼거림이 되곤 했지만, 쓰레기가 남는 일은 별로 없었다. 땅따먹기를 해도 구슬치기를 해도 술래잡기를 해도 마찬가지였다.

놀던 자리에 쓰레기가 남기 시작한 것은 놀기 위해 돈을 쓰면서부터인 것 같다. '켬'은 제주에 도착한 첫날부터 놀던 자리마다 쓰레기를 남겼다. 〈겨울왕국〉의 '엘사' 손끝에서 얼음이 태어나는 것과 맞먹을 정도였다. 그렇다고 돈을 엄청나게 쓴 것도 아니었다. 배가 고파서 음식을 사 먹었고 바다가 보이는 카페에서 커피를 주문한 정도였다. 다 먹지 못한 메인 요리와 밑반찬이 잔뜩 남는 건 기본이요, 잠시 앉았다 일어선 간이 테이블 위에는 젖은 입을 닦은 휴지가 남았다. 그래도 우리는 놀고 있다는 생각에 기분이 좋았다. 노는 건 재미있으니까. 다음날 제주현대미술관에 가기 전까지는 그랬다.

제주현대미술관에서는 'JMCCA 2019 국제생태미술전'이 진행되고 있었다. 미술관 안에는 각종 어구, 플라스틱 통, 스티로폼 등이 널려 있었다. 모두 제주바다에 버려져 있던 쓰레기들이라니 끔찍했다. 현대적인 건물 안에 모아 놓은 엄청난 양의 쓰레기들은 어딘가 압도적인 데가 있었다. 자신의 치부를 본 듯 불편했다. 하지만 그렇기 때문에 좋은 전시였다. 인간의 수치심은 바로 이런 데서 와야 하지 않을까? 기만적이고 가식적인 자기 자신을 인정하지 않을 수 없을 때야말로 우리가 변할 수 있는 순간이 아닐까? 우리가 버린 쓰레기들이 언젠가 몇 배가 되어 돌아올지 모른다고 생각하니 소름이 확 끼쳤다.

우리 때문에 물고기들의 식탁에 쓰레기가 올라간다. "너희의 식탁에 쓰레기가 올라온다면 짜증이 안 나겠니?" 정말 무례한 일이다. 물고기 입장이 되자 화가 난다. 나는 환경을 보호해야 한다고 생각하면서도 환경을 망친다. 텀블러를 쓰겠다고 다짐하고도 매일 쉽게 잊고, 대신 일회용 컵을 쓰면서 어쩔 수 없는 일이었다고 자위한다. 그리고 생각한다. '재활용될 거야.' 왜 스스로 재활용하지 않으면서 내가 버린 쓰레기가 어딘가에서 재활용되고 있다고 생각하는지, 나란 인간이 간사하기 그지없다. 나 같은 사람은 너무도 흔한데 우리나라에서 이런 정도의 일로는 벌금을 내거나 감옥에 갇히지 않는다. 법으로 정해 놓지 않으면 제대로 모를 수밖에 없다. 나쁜 짓이란 무엇일까? 각자의 윤리가 서로 다를 때, 우린 어떻게 살아가야 하나?

'켬'은 전시를 보고 숙소로 돌아가는 차 안에서 비슷한 크기로 괴로워하다가 '쓰레기 낭독회'를 기획했다. 우리가 '함께' 살아가기 위해 더 나은 방향의 합의가 필요하다면 비슷한 생각을 가진 사람을 더 많이 만들어야 한다는 필요를 느꼈다. 어려운 일이다. 설득시키는 일은 언제나 힘들고 애초에 대부분의 사람은 설득당할 마음이 없다. 때로는 가장 친한 친구에게조차 설득당하고 싶어 하지 않는다. 우리는 아무리 말해도 씨알도 먹히지 않을 수 있다는 사실을 인정해야 한다. 이런 말을 하고 있는 나조차도 설득하고 싶지, 설득당하고 싶지는 않다. 그리고 무엇보다 인간은 스스로 깨치고 싶어 하는 동물이다. 스스로 깨치기 위해 가장 중요한 것은 '느끼는 것'이다. 느끼는 바가 다르더라도 느껴야 하고 때로는 불쾌하더라도 뭔가를 느껴야 한다. 그래야 우리는 바뀔 수 있다.

"우리 그냥 느끼게 해 보자."

우리가 쓰고 싶은 시를 써서 그 시를 나누고, 신나게 놀면서도 쓰레기를 남기지 않는 낭독회를 해 보자고 마음먹었다. 아니, 쓰레기가 남더라도 사람들이 낭독회를 통해 쓰레기를 다시 보게 된다면 좋겠다는 마음이었다. 그렇게 본격적으로 '쓰레기 낭독회'를 준비하기 시작했다.

우리는 제주에서 돌아와 함께 여행을 떠나지 못했던 전영규 평론가와 '쓰레기 낭독회'에 대한 의견을 다시 한번 나누었다. '에코페미니즘'으로 낭독회의 이론적 토대를 만드는 데 영규의 힘이 컸다. 우리는 그 토대 위에서 시를 쓰기로 했다. 우리의 미션은 다음과 같다.

1. 쓰레기 문제를 다룬 자유시 또는 에세이 1편
2. '주워, 네 거잖아.'라는 문장이 들어간 시 1편
3. 공동 창작 시 1편

2019년 10월 26일 토요일 오후 3시 북카페 '청맥살롱'에서 '쓰레기 낭독회'를 열기로 결정하고 매일같이 단톡방 회의를 진행했다. 우리는 입장료로 손바닥만 한 쓰레기를 받기로 했다. 쓰레기가 돈이라면 함부로 버리지 않을 거라고 생각하다가, 쓰레기에 쓰레기 이상의 가치를 줘 보기로 한 것이다. 그러자 사람[그]들의 쓰레기가 궁금해졌다. 버리기 전까지는 결코 쓰레기가 아니었을 것들의 이야기가.

이렇게 된 이상 행사 포스터도 대충 만들 순 없었다. 우리는 포스터 촬영을 위해 집에 있는 쓰레기를 들고 모이기로 했다. 우리가 들고 온 쓰레기들은 일정 간격을 두고 놓였을 때 전혀 쓰레기 같지 않았다. 쓰레기 아닌 모습의 쓰레기들의 목록은 다음과 같다.

유통기한 지난 오래된 알약들과 연고들, 피스타치오 껍데기,

만년필을 잃어버린 잉크, 다 쓴 화장품 통, 끈 떨어진 퍼프,

연필깎이, 고장 난 이어폰, 다 쓴 립스틱, 짝을 잃은 귀걸이,

옷에서 떨어진 끈, 교구로 사용하고 남은 색종이 조각,

조개껍데기, 낡은 머리끈 등.

포스터 사진을 찍기 위해 쓰레기를 해체하고 다시 배열하면서 생각했다. 가치 전복적으로 쓰레기를 활용하고자 했지만 이 일은 어디까지 예술일 수 있을까? 그러고도 남은 쓰레기는 어쩌나? 머릿속이 복잡해졌다. 숱한 갈등과 고민 속에서도 낭독회 일정은 지체 없이 다가오고 있었다.

'쓰레기 낭독회' 소책자는 여분 없이 30권만 만들었다. 참여한 관객 모두 이 소책자를 소중히 간직할 거란 믿음으로, 쓰레기가 되는 일이 없길 바라면서. 소책자에는 공동 창작 시를 포함한 총 12편의 시와 에세이가 실렸다. '켬' 동인이 쓴 공동 창작 시의 제목은 '우리가 버린 것들의 목록'이다. 우리가 집에서 가져온 쓰레기들의 목록을 정의한 문장들을 교차하여 한 편의 시를 만들고 마지막 행에 그 목록을 나열한 형식이다.

우리가 미워하고

우리가 사랑한 것들이

그것들은 우리에게 남아

다시 우리의 해변으로 되돌아온다

전 남편의 편지, 찢어진 악보, 부러진 안경, 조개껍데기,

다른 나라의 동전 한 닢, 잉크, 립스틱, 과자 봉지, 똥, 작

년 달력, 귀걸이 한 쪽, 다 쓴 볼펜……

-시 「우리가 버린 것들의 목록」 중에서

　행사 당일, 우리는 관객들이 입장하며 입장료로 지불한 쓰
레기를 받아 종이 상자에 담았다. 그리고 쓰레기에 관한 문장
도 함께 받았다. 관객들이 쓰레기와 이별하며 적어 준 문장으
로 제2의 「우리가 버린 것들의 목록」이라는 시를 만들기 위해
서였다. 그때 입장료로 받은 쓰레기들은 아직도 상자에 보관
되어 있다. 의미를 획득한 물건은 쉽게 버릴 수가 없다. 이미
입장료로 쓰레기를 받는 순간 쓰레기는 쓰레기가 아닌 게 되
었다. 적어도 '켬'에겐 그렇다.

우린 지금껏 너무 많은 물건에 욕심을 냈다. 그리고 너무 빠르게 그 의미를 놓쳤다. 새 신을 아껴 신고, 구멍 난 양말을 꿰매어 신고, 의미 있는 물건을 대대로 물려주는 삶을 잊었다. 의미를 잃고 낭비되는 물건들을 보며, 이 자본주의 사회에서 어떤 것이든 각자의 고유한 의미를 획득하길 바라게 되었다. 그 어느 것도 처음부터 쓰레기는 아니었다. 지구가 받아들일 수 있는 속도로 의미를 잃어 가는 것이라면 좋을 텐데…….

여기서 놓친 의미들이 지구 반대편에 쓰레기로 쌓여 있다고 생각하면 숨이 턱 막힌다. 그러니까 사랑 말고는 답이 없다. 사랑해야 의미가 생기니까. 눈앞에서 사라진다고 깨끗하게 치워진 것이 아니다. 국경도 없이 흘러가 뒤섞인 해양 쓰레기들이 끝도 없이 쌓이는 곳이 있다. 누가 죄를 짓지 않았는가?

'켬'은 2022년에 이어 2023년 가을에도 기후 문제를 다룬 낭독회 '지구가 멸망해도 우린 명랑할 거야'를 열었다. 이번에는 그 어떤 쓰레기도 만들지 않겠다는 일념으로 낭독 소책자도 만들지 않았고 포스터도 따로 출력하지 않았다. 현수막도 배너도 없이 오로지 우리의 글과 목소리만으로 행사를 진행했다. 그럼에도 얼마간 쓰레기가 남았다. 우리는 힘차게 지구를 사랑하기 시작했지만, 지구에 열이 더해지고 오염되고 있다. 그리고 여전히 귀찮아하는 기만적인 인간이 내 안에 숨죽이고 있다.

요즘은 김은지 시인과 환상의 콤비를 결성하여 도봉구 일대 동네 책방을 놀러 다니고 있다. 놀러 다니면서 만드는 쓰레기를 줄여 보려고 노력 중이다. 쓰레기 없이 즐겁기를 실험하는 중이다. 김은지 시인이 활동하는 팀이 '분리수거'라서 하는 말인데, '분리수거' 팀과 '켬' 동인이 합체하면 완벽한 쓰레기 처리를 담당할 수 있을 것만 같다.

앞으로도 지구에 불시착하는 외계인들이 놀라지 않게 청소를 잘해야겠다.

우리 시대 젊은 여성 시인이 잃지 않은 것

어린 시절, 나는 굴뚝에서 사정없이 치솟는 흰 연기를 쳐다보며 해수욕을 했다. 바다 한 편에 제철소가 있었지만, 하늘은 맑았고 바닷물 아래로 모래가 훤히 비쳤다. 바다는 그런 것이었다. 무슨 짓을 해도 바다는 바다의 영혼을 잃지 않았다.

제철소를 다니던 사람들이 용광로에 빠져 죽었다는 이야기를 여러 번 들었다.

"아무것도, 아무것도 남기지 않고 사라져 버렸다고……."

속이 텅 비어 버린 듯한 어른들의 목소리를 기억한다. 얼마간, 장례를 치를 시신조차 남지 않은 죽음에 대해 듣는 밤이 계속되었다. 어린 나의 잠자리를 봐 주고 건넛방으로 건너간 부모가 나눈 말들이 꿈속을 메웠다. 어른들의 말을 엿들을 수 있어서 기쁘고 처참했다. 너무 많은 걸 알았고 무지했다.

동네 오빠들은 나무 둥치에 내 또래 친구를 눕혀 놓고 돌아가며 성기를 만졌다. 무슨 의식이라도 되는 양. 나는 도망쳤다. 아무것도 말할 수 없었다. 모두가 비밀이길 원했다. 무엇보다 일을 당한 친구가 원했다. 어떤 사회적 맥락 안에서는 자기 말을 탄압해야 살아남을 수 있었다. 말하면 어떤 일이 벌어질지 상상하는 것만으로도 스르르 열리던 말문이 도로 닫혔다.

한 번은 지역의 한 문학 지면에 '우리 시대 젊은 여성'이라는 주제로 청탁을 받은 적이 있다. 이런 청탁이 처음이라서 그 말의 뉘앙스를 여러 번 곱씹었던 기억이 난다. 그리고 이렇게 썼다. 우리 시대 젊은 여성 시인은 결국 말한다. 어떤 강압 속에서 저마다의 무게를 견디며 말할 수 있게 되었다. 그게 우리 시대 젊은 여성이라는 말이 주는 희망적 뉘앙스에 가장 가까운 변화가 아닐까? 이전에도 시인들은 말했다. 이연주가 말했고, 최승자가 말했고, 고정희가 말했다. 잊혔던 나혜석, 김명순의 말을 뒤늦게 들었다. 그렇게 다들 말했다. 가끔은 한 시인의 개성적인 시적 성취를 살펴보면서도 그들을 여성 시인이란 범주 안에서 사유해야 한다는 사실이 슬펐다. 그러나 상관없다.

"어떤 다른 이름으로 불려도 장미는 장미다." 차원선 시인 덕분에 나도 같이 가슴에 품게 된 말이다. 원선 시인이 힘들었을 때 가장 큰 힘이 되어 준 말이라고 한다. 너무 좋아서 출처를 찾아봤다. "A rose by any other name would smell as sweet." 셰익스피어의 연극 '로미오와 줄리엣'에서 유명한 경언이라고 한다. 원선 시인이 기억하는 한국어 문장이 좋았는데 원문도 멋지네. 이 격언을 빌리자면, 여성 시인 누구도 자신의 고유한 향기를 잃지 않았다. 나는 억압 속에서도 말하는 젊은 여성 시인이 되고 싶다. 그리고 많은 여성 시인이 내게 용기가 되어 준다. 그들은 내가 당한 끔찍한 일들을 툴툴 털어 버리고 더 나은 삶을 상상하게 해 주었다.

언젠가 대학 강의 평가에서 페미니즘적인 성향을 드러내는 말을 하는 게 불편하다는 건의를 받았다. 여성의 인권이 존중받길 바란다고 말했다는 이유만으로 불편할 수 있다는 사실에 놀랐다. 물론 다각적이고 다층적인 시선이 있을 수 있다는 걸 고려하지 못한 탓도 있을 것이다.

생각해 보면, 나는 남편이 설거지도 하고 빨래도 하고 음식물 쓰레기도 버리고 육아까지 도맡아 해서 먼 지역까지 강연하러 갈 수 있는 여성이다. 얼마나 다행인가? 강연도 못할 뻔했다. 그런데 그렇다는 이유만으로 종종 중년 남성들로부터 "남편이 불쌍하다."라는 농담조의 말을 듣는다. 내가 "남편 잘됐네요."까지는 이해하는데……. 불쌍하다는 말은 남편이 듣기에도 거북할 말이다.

힘이 약한 사람들이 강한 상대에 맞서기 위해서는 손에 손을 잡고 밑에서부터 속삭여야 한다고 한다. 1 대 1로 싸우면 말이 안 되는 싸움이지만, 1 대 다수가 싸우면 상황은 달라진다. 속삭여야 희망이 생긴다. 우리에겐 희망이지만, 누군가는 위협이라고 말한다. 한쪽으로 기울어진 세계의 수평을 맞추기 위해 우리 시대 젊은 여성 시인 이소연은 말하기를 멈추지 않을 것이다. 무슨 짓을 해도 영혼을 잃지 않는 바다처럼.

× 뒤에 있는 것들의 소중함

"내일은 학부모 공개 수업이 있습니다." 아이가 다니는 초등학교에서 온 문자다. 문득 살면서 가장 많이 뒤돌아봤던 날이 떠올랐다. 아무리 뒤돌아봐도 엄마가 보이지 않았던 내 초등학교 시절 공개 수업 때다. 그 어린 마음을 모르지 않는데, 세월이 흘러 나도 똑같은 엄마가 되었다. 아니다. 나는 대신 아빠인 이병일 시인을 보냈다. 아이는 분명 교실 뒤에 서 있는 아빠를 향해 크고 환하게 웃어 보일 것이다. 한때 자신을 낳은 사람이 아빠라고 믿었던 아이다. 처음 그가 아이에게 하는 말을 들었을 때만 해도 콧방귀를 뀌었다. 아이가 그 턱도 없는 말을 찰떡같이 믿으리라곤 상상도 못 했다.

"너를 낳은 사람은 엄마야. 넌 내 배 속에 있었어."

"아니야, 난 아빠 배 속에 있었어."

환장할 노릇이었다. 나는 제왕절개 수술 자국을 증거로 삼았지만 아이는 믿지 않았다.

"어떻게 여자 몸에서 남자가 나올 수가 있어?"

남자는 남자가 낳고 여자는 여자가 낳는다고 생각했던 거다. 그 말을 듣는데 묘하게 설득되었다. 그러게? 어떻게 여자 몸에서 남자가 나올 수 있지? 하지만 나는 아이를 밴 몸으로 피를 토할 때까지 입덧했는데……. 심지어 나의 등단작은 「뇌태교의 기원」이다. 그런데 이제 그게 다 말이 안 되는 일 같다. 당연하게 여긴 것마다 아이가 의문 부호를 달아 놓은 덕분이다. 이런 전복의 순간을 나는 시적인 순간이라고 느낀다.

학부모 공개 수업이 있던 날, 나는 밤늦게까지 서울 '을지OB베어'에 있었다. 얼마 전 강제 철거된 '을지OB베어'와 연대하는 현장 잡지 《월간 단골》의 낭독을 위해 작가들이 모인 자리였다. 젠트리피케이션에 의해 생긴 문제는 하루 이틀이 아니고, 자본은 언젠가부터 작고 다양한 가게들을 집어삼켜왔다. 경리단길의 '테이크아웃드로잉'과 서촌 '본가궁중족발'에서 일어났던 일이 장소만 바뀐 채 반복되고 있다. 우리의 목소리가 가닿는 곳이 있기는 한 걸까?

바리케이드가 쳐진 맥줏집 안에서 건너편 '만선호프'를 바라보며 시를 읽을 생각을 하니 온몸이 떨렸다. '만선호프'는 야외 테이블까지 손님들로 만석이었다. 아무도 우리에겐 관심이 없는데, 겨우 열 명을 넘긴 작가들이 술로 하나 된 무관심을 이겨 낼 수 있을까? 떨리는 목소리로 권창섭 시인이 오프닝 멘트를 시작했다. 그는 격양된 감정 때문인지 자꾸 목소리가 갈라졌다. "여기가 노가리 골목인지 만선호프 골목인지 궁금하시다면 검색 한 번 해 주십시오. 지금 당장 검색 한 번 해 주십시오. 저희는 그 사이에 글을 읽겠습니다. (…중략…) 방문해 주세요. 뮌헨호프도, 썸호프도, 영동호프도, 을지로호프도, 우리호프도, 수표교호프도 그리고 을지OB베어도……." 권 시인이 또박또박 힘주어 발음하는 작은 맥줏집 이름들이 왁자지껄한 소음 속에서 별처럼 반짝였다.

인도 출신의 세계적 석학인 가야트리 스피박 미국 컬럼비아 대 교수는 저서 『읽기』에서 평서문에 의문 부호를 다는 것이 바로 상상력의 임무라고 거듭 강조했다. 나는 법에 따라 쫓겨난 이들이 다시 법을 전유하는 모습을 상상한다. 단지 버텨 냄으로써 제한된 구역에 거주하기가 가능해질 수도 있을까?

이날, 유현아 시인이 낭독한 김현 시인의 시 한 구절이 사무친다. 생일에 생일인 사람의 집이 무너졌다는 내용의 문장을 담담하게 읽어 내리는 목소리 앞에서 나도 같이 무너져 내렸다. 우리의 집은 무사한가? 함께 무너질 수 있는 상상이 가능하다면, 서로 일으키는 일도 가능할 것이다.

어느 밤 아이와 함께 걷던 길, 아이가 작은 별 두 개가 자꾸 자길 따라온다고 신기해했다. "엄마, 내가 집으로 들어가서 문을 쾅 닫으면 별이 땅바닥에 떨어질지도 몰라. 어떡하지? 그러면 별이 찌그러질지도 몰라."

문을 닫을 때마다 생각나는 아이의 말이다. 천연한 말이 가진 힘은 놀라운 것이어서 문을 닫을 땐 별이 떨어지지 않게 조심한다. 문 뒤에 아이의 자유로운 생각이 출렁거리고 있을 것만 같다. 서울시 미래 유산으로 선정된 골목의 '백년가게'라는 인증이 무색하게 골목의 정체성을 만들어 온 가게들이 사라져 간다. 뒤가 사라져 간다. 어떻게 뒤 없이 앞이 있을 수 있나. 천양희 시인은 종소리의 뒤편에서 무수한 기도문을, 화려한 마네킹의 뒤편에서 무수히 꽂힌 시침핀을 발견했다. 나는 42년이란 시간이 흐르는 동안 을지로 노가리 골목을 지켜 온 작고 다양한 노포에서 역사의 굴곡을 만드는 시침핀을 본다. 그리고 걱정한다.

골목을 사랑하는 이들이 골목의 뒤가 되어 주지 않는다면 반짝이던 맥줏집의 이름들이 하나둘 땅바닥에 떨어질지도 모른다. 그러면 누군가의 마음 한 귀퉁이도 찌그러질지 모른다.

×

말이 닿는 곳

"아, 잃어버린 내 목소리를 어디서 찾을 수 있을까? 어떻게 하면 목소리에 담겨야 할 영혼을 되돌려 받을 수 있는 것일까……"

김근태기념도서관 전시실에서 민주주의자 김근태가 쓴 편지의 한 구절을 읽는다.

고문 후 목소리 안의 혼을 빼앗겼다는 글씨가 너무 조그맣고 가엾어서 울컥했다. 얼마나, 얼마나 말하고 싶었을까? 얼마나 영혼이 담긴 말이 하고 싶었을까? 단 한 장의 종이 위로 쏟아지는 말들을 받아 내느라 갈수록 작아진 글씨 위로 '검열' 도장이 찍혀 있다.

신체에 가해진 폭력은 곧 한 사람의 정신을 재단하고 말을 탄압한다. 바람이 드나들고 말이 흘러야 할 세계를 봉쇄한다. 봉쇄된 세계에 영혼의 가없는 슬픔의 말이 닿고자 하는 곳은 어디였을까? 오랫동안 말할 수 없던, 그런데도 말해야만 했던 유년 시절의 한 대목을 애써 끄집어낸다.

초등학교 3학년 때의 일이다. 산동네에서 읍내에 있는 아파트로 예정에 없는 이사를 했다. 하굣길에 내가 당한 끔찍한 일 때문이었다. 이미 시간이 많이 지나간 일이지만, 글자로 옮기는 것이 좀처럼 괴롭다. 그런데도 불구하고 이런 안타까운 일을 반복적으로 경청해 주는 사람들의 애처로운 표정을 떠올리며 이 글을 쓰고 있다.

나는 친구와 함께 신작로를 걸어가는 중이었고 주변은 논밭이었다. 푸른 모가 찰랑이는 못물 위로 꽁지를 반짝였다. 농수로가 있는 작은 다리를 건너자, 논두렁에 서 있던 할아버지가 자기 쪽으로 오라는 손짓을 했다. 친구와 같이 가려는데 한 명만 오라고 했다. 친구에게 내가 가겠다고 했다. 그때나 지금이나 나서길 좋아했다. 책가방과 함께 들고 있던 빨간 실내화 가방을 친구에게 맡겨 두고는 할아버지가 서 있는 논두렁 끝까지 천진하게 걸어 들어갔다. 그리고 얼마 지나지 않아 까무러쳤다. 소리를 지르려 해도 소리가 나오지 않았다.

할아버지는 오줌이 나오지 않는다며 자기 성기를 만져 달라고 했다.

그래, 그 할아버지는 정말 오줌이 안 나왔고 누군가 자기 성기를 만져 주기만 한다면 오줌이 나올지도 몰랐다. 그는 어린 내게 도와 달라는 표현을 썼다. 도울 수만 있다면 학교에서 배운 대로 곤경에 처한 늙고 병든 할아버지를 도와드리고 싶었다. 그러나 아무리 생각해도 의문이 가시지 않았다. 왜 나처럼 천방지축 날뛰고 버르장머리 없기로 소문난 어린 여자아이에게 도움을 요청하셨을까? 어린이의 손을 더럽혀서 얼마나 깨끗하고 시원한 오줌을 싸려고 그랬던 걸까?

할아버지의 성기에 손을 가져다 대는 순간이 아직도 잊히지 않는다. 내 작은 가슴을 사정없이 밀고 쳐들어오는 알 수 없이 불결한 기분을 오랫동안 떨치기 어려웠다. 세상의 한가운데서 끝도 없이 허물어지는 존재란 게 이런 것일까? 나는 온 힘을 다해 뛰었다. 신작로에 서서 나를 기다리던 친구도 내가 뛰니까 영문도 모른 채 따라 뛰었다. 다행히도 할아버지는 자전거를 타고 우리를 쫓아오는가 싶더니 반대 방향으로 사라졌다.

내가 논두렁에서 있었던 일을 말해 주자, 친구는 비밀로 하자고 했다. 왜 우리는 떳떳하지 못하다고 생각했을까? 심지어 왜 우리가 잘못을 저질렀다고 생각했을까? 하지만 바로 다음

날부터 학교 가기 싫다고 고집을 피우다 엄마에게 그날 있었던 모든 일을 털어놓게 되었다. 엄마에게 비밀이던 것이 다시 친구에게 비밀이 되었다. 엄마는 순진했던 나를 굉장히 잘 꾀어내던 사람이다. 엄마가 준 콜라, 자갈치, 새우깡, 캐러멜 같은 것들도 한몫했다.

어쨌든 엄마는 어떤 꾸지람도 하지 않고 내 얘길 들어 주었다. 한동안 밤마다 아버지와 속삭이더니, 차근차근 등하교가 용이한 곳으로 이사 갈 준비를 하고 있었다.

그러던 어느 날, 이웃이던 앵두나무 집에 곗돈을 주러 가는 엄마를 따라가게 되었다. 엄마가 품에 안은 양푼에는 이웃과 나눠 먹을 찐 옥수수가 한가득했는데, 나는 그게 꼭 하나만 먹고 싶던 기억이 난다.

엄마가 건네는 양푼 밑으로 내가 본 것은 미닫이문을 빼꼼 열고 내다보던 할아버지였다. 순간, 온몸이 얼어붙었다. 논두렁에서 본 그 할아버지였다. 앵두나무집 아주머니의 시아버지라고 했다. 모시고 산 지 얼마 안 된 모양이었다. 그에게 엄마는 고개 숙여 인사했지만 나는 할 수 없었다. 게다가 무슨 큰 싸움이라도 날까 봐 저 할아버지가 바로 그 할아버지라고 말하지도 못했다.

대단한 평화주의자인 척했지만, 사실은 저 평범한 동네 할

아버지가 성추행범이라고 말할 용기가 없었다. 나는 매우 수다스럽고, 아무도 내 말을 믿어 주지 않을 만큼 형편없는 이야기 지어내기도 하던 어린 여자아이였으니까. 누군가는 쉽게 발언권을 얻지만, 나는 그러지 못했다. 아무리 진실을 말해도 거짓말한다고 혼이 나던 시절이었다.

그러나 아무리 가해자가 평범하고 선량하고 뻔뻔한 동네 할아버지가 되어 있다고 해도 그가 저지른 일은 절대 없던 일이 될 수 없다. 인간이 괴로운 기억을 지울 수 없는 건 다시는 반복하고 싶지 않은 욕망 때문이 아닐까?

첫 시집 『나는 천천히 죽어갈 소녀가 필요하다』에 수록된 시 「우유를 마시며」는 그렇게 쓰였다. 세상은 여전히 소녀들의 입을 막고 진실한 말을 무효화시키고 위기에 빠뜨린다.

이 시의 마지막 구절은 이렇게 끝난다. "똑같지만 똑같지 않은 나의 길을 걸어/오늘은 엄마에게/젖소 집 할아버지가 바로 그라고 말한다"

내가 가장 의지하던 엄마, 누구보다 가깝고 누구보다 내 말을 믿어 주었을 사람에게 진실을 말할 수 있었을 때는 아이러니하게도 세상 모든 사람에게 말할 수 있을 때였다.

김근태는 1985년 12월 19일 민청련 사건 첫 재판에서 모두진술을 통해 고문의 진상을 폭로했다. 말해질 수 없었던 현실을 말할 수밖에 없었던 한 사람의 여러 국면을 들여다보며, 민주 인권은 침묵하는 자가 아닌 말하는 자에 있다는 확신을 거듭했다.

말의 억압이란 인간의 삶을 무시로 무너뜨리고 지나간다. 그리고 그것이 반복될수록 폭력이 폭력인 줄 모른다. 감각이 무뎌지고 아픔에 익숙해진다. 나는 어린 내가 당한 일이 폭력인 줄 몰랐고, 아버지는 제철소 소음 때문에 귀가 먹어 가면서도 폭력인 줄 몰랐다. 말해지지 않는 세계는 그래서 위험하다.

메리 셸리는 세계 최초 SF 소설가다. 『프랑켄슈타인』이라는 작품으로 유명하다. 작가는 이 소설을 자신의 이름이 아닌 남편의 이름으로 출간했다. 권력의 좌표를 인지했기 때문일 것이다. 메리 셸리는 소설 속 괴물의 입을 통해 자신을 소외시킨 사회를 비판했던 것처럼 남편의 이름을 통해 마치 괴물과 같은 가부장제의 문제를 밝힌다.

아주 자잘하게 가려진 인권의 층위 속에서 누구의 말은 듣고 누구의 말은 버리는가? 권력을 가진 사람에게 너무 쉽게 발언권을 줌으로써 너무 쉽게 많은 사람을 소외시키고 있는 건 아닌가? 말을 하기 위해 목숨을 걸어야만 하는 사람들이 있다. 그들의 말이 닿는 곳에 민주인권이 있다고 믿는다.

어린 시절에는 하루가 멀다고 바다에 갔다. 제철소 굴뚝에서 사정없이 치솟는 흰 연기를 쳐다보며 해수욕했다. 하늘은 여전히 맑고 바닷물 아래 모래는 훤히 비쳤다. 내게 바다는 그런 것이었다. 무슨 짓을 해도 영혼을 잃지 않는 것. 물은 갈라져도 곧 아물었다. 어떤 말은 만신창이가 되어서라도 기어코 가닿는다. 나는 그런 말들을 알고 있다.

그저 예뻐서 마음에 품는

책 제목을 정말 많이 고심했다. 원래 제목은 '시인이 되어서 즐겁다'였다. 칼럼 원고를 묶어 출판사 편집자에게 보낼 즈음 쓴 산문의 제목이다. 친구들에게 의견을 물었더니 책 제목에 '시인' 또는 '시'가 들어가면 판매율이 저조하다는 거다. 그 말을 듣고 아닌 사례를 떠올려 보다가 이내 수긍했다. 시인이 되어서 즐겁기에는 씁쓸한 현실 앞이지만 주눅 들지 말자, 다짐하며 다른 제목을 생각했다. 다음으로 염두에 둔 제목은 '나뭇잎은 누군가 벗어 놓은 양말 같다'였는데 엄마가 이 제목을 정말 좋아했다. 엄마는 평생 가족이 벗어 놓은 양말 때문에 골머리를 앓았는데, 진작에 그걸 나뭇잎이라고 생각했으면 좋을 뻔했단다. 웃음이 나면서도 한편으로 뭉클해서 제목으로 삼아야지 했다. 그런데 엄마를 제외하면 그 제목이 좋다는 사람이 없었다. 끝까지 고집을 피우다가 출판사 편집부에서 투표한 결과를 따르기로 했다. '그저 예뻐서 마음에 품는 단어'라는 제목도 내가 뽑은 제목이지만, 마음에 썩 들진 않았다. 물론 나의 담당 편집자인 고나희 팀장님은 처음부터 그 제목을 골랐다.

"저희 선택을 믿어 주세요."

나는 이런 말에 깜박 죽는다. 믿고 싶어진다. 확신하지 않으면 확신을 바랄 수 없다. 그러니 믿어 달라는 말은 확신을 바라는 말이면서 동시에 확신을 주는 말이다. '그저 예뻐서 마음에 품는 단어'라는 제목은 그렇게 정해졌다.

온종일 제목 덕분에 행복했다. 그저 예뻐서 마음에 품어 왔던 것들을 뒤적거리며 실없이 웃었다. 그러다 하나의 그림이 떠올랐다. 매수전 작가의 그림 '윤슬'이었다.

매수전 작가는 '지구불시착'이란 동네 책방에서 만났다. 그는 독립출판물인 'Shape of a day'로 유명하다. 길에서 주워 온 돌을 그리고 돌 아래 일기를 쓰는 일을 500일 넘도록 지속했다고 한다. 지금도 그의 인스타그램 피드에는 새로운 돌 그림이 올라온다. 돌을 품어 오는 마음은 어떤 마음일지 생각하다 보면 사람의 마음이란 참 신비롭다. 나도 마음이란 게 있어서 매수전 작가가 돌을 품는 것처럼 아주 작고 사소한 무엇인가를 소중하게 품어 볼 생각을 하게 된다. 품으면 어떤 것이라도 아름다워진다. 품지 않은 많은 것들이 아름다운 줄 모르는데 품으면 품는 사람의 마음을 입고 아름다워진다. 나는 그게 좋아서 한 사람의 마음을 품고 싶어 한다. 그러면 그 사람 내 마음을 입고 아름다워지려나.

내 오랜 친구 정연이와 함께 매수전 작가의 개인전을 보러 갔다. 전시에서 '윤슬'이란 제목의 그림 6점이 걸린 벽면을 바라보며 오래오래 서 있었다. 좋아하는 친구와 함께 같은 그림을 바라보며 서 있던 순간 우리 사이에 내려앉은 빛 조각들. 나는 반짝이는 여섯 조각의 '윤슬' 중 한 조각을 마음에 품어 왔다. 그 그림을 표지로 쓸 수 있게 허락해 준 매수전 작가에게 내가 품었던 반짝임을 선물하고 싶다.

2022년 봄부터 한국 경제 신문에 칼럼을 연재했다.

나를 시인으로 처음 호명해 준 곳에서 나는 여전히 쓰고 있다. 그간 원고를 받아 실어 주신 서화동, 김정태, 김동욱 부장님과 박수진 조일훈 논설위원님의 관심 속에서 잘 자랐다. 매달 독자를 만날 기회를 주신 덕분에 쓰는 사람으로서 품을 수 있는 것들을 품었다. 책의 원고 대부분은 연재했던 칼럼을 모은 것이지만 다른 지면에 발표한 산문들도 함께 실었다. 흩어진 산문들을 모아 책으로 묶을 용기를 준 눈 맑은 편집자 고나희 팀장님께 감사하다. 그와 나눈 우정은 더 오래 지속되어야 할 것이다.

글 속에 자주 등장하는 가족과 더 자주 등장하는 김은지 시인과 진, 동네 책방 사장님, 시 모임 사람들의 얼굴과 개와 새와 오리들에겐 사랑밖에 드릴 것이 없다. 반짝이는 나의 존재들에게 내가 본 '윤슬'이 한가득 담긴 이 책을 바친다.